Intercambio de mercancía

Intercambio de mercancía

Jorge Martínez

Número de Control de la Biblioteca del Congreso de EE. UU.:   2015903318
ISBN: Tapa Dura   978-1-5065-0076-8
                      Tapa Blanda   978-1-5065-0075-1
                      Libro Electrónico   978-1-5065-0074-4

Información de la imprenta disponible en la última página.

Fecha de revisión: 05/03/2015

Para realizar pedidos de este libro, contacte con:
Palibrio
1663 Liberty Drive
Suite 200
Bloomington, IN 47403
Gratis desde EE. UU. al 877.407.5847
Gratis desde México al 01.800.288.2243
Gratis desde España al 900.866.949
Desde otro país al +1.812.671.9757
Fax: 01.812.355.1576
ventas@palibrio.com
705680

ÍNDICE

INTRODUCCIÓN

Todos en la vida pagamos un precio a cambio de la felicidad, pero no sabemos qué tan grande puede llegar hacer, sin embargo no dejamos que nada mate esas ilusiones a pesar que secuestren nuestro cuerpo. Muchos quisieran tener el amor a costa de lo que sea, cuando el amor no es una cosa que se compre, que se negocie y mucho menos que se intercambie como si fuera una especie de mercancía. Sí, a veces queremos manejar el amor como si fuera algo palpable, cuando sabemos perfectamente que es solo algo que se siente que es algo inexplicable.

INTERCAMBIO DE MERCANCÍA

Constanza Villanueva y Gabriel Alarcón son una pareja que lleva poco menos de dos años tratándose. Gabriel siempre busca la manera de cumplirle hasta el más mínimo de los gustos a Constanza; él dice amarla con locura y le propone matrimonio; pero Constanza a pesar que ya ha pasado el tiempo aún recuerda a su antiguo novio Román Montemayor que por cosas del destino dejó de verlo de un momento a otro sin darle ninguna explicación de su partida.

Por cuestiones del destino Constanza pierde a sus padres en un fatídico accidente y Gabriel se encuentra ahí para apoyarla y brindarle todo su apoyo moral y económico. Poco a poco se gana el cariño y respeto de Gabriel; eso la hace sentirse aún más protegida y amada. Ella aún no se imagina todo el calvario que tiene que pasar para poder estar con la persona que de verdad la haga sentirse amada.

Es en una tarde de esas tardes en la que nuestros protagonistas inician su pesadilla.

(Román, en tono sarcástico) ¡Buenas tardes Constanza! ¡Qué tal Gabriel!

¡Por lo visto los tres nos agrada venir mucho a este lugar tan mágico y algo apartado de la ciudad no es así mi amigo Gabriel! ¿Pero mira Constanza que rápido te olvidaste de mí? ¿No decías amarme con locura y estar juntos hasta la eternidad?

(Constanza) ¡No comprendo! ¿Qué haces tú aquí? ¿Pero cómo te apareces así de la nada y me reprochas que este yo con Gabriel, si nunca me diste alguna explicación de tu partida? ¿Nunca me enteré de los motivos que te orillaron para que te desaparecieras sin dejar huella y me dieras alguna explicación, y ahora me reprochas el intentar algo con Gabriel?

(Gabriel) ¡Mira Román, será mejor que te marches y nos dejes tranquilos, lo tuyo con Constanza ya paso, es cosa del pasado, ahora yo soy el presente y su futuro, le acabo de proponer matrimonio, así que como vez las cosas entre nosotros dos van funcionando muy bien! Será mejor que te marches y nos dejes solos.

(Román) ¡Bravo! ¡Bravo! ¡Que románticos me salieron! ¿¡Pero que creen!? Se olvidaron que yo aún existo y que ella aún es mía.

(Gabriel) ¡Era tuya Román! Ahora será mía para siempre. Así qué marchaste sino, quieres….

(Román) ¿¡Sino quiero que!?

(Román saca una pistola de entre su ropa y le apunta a Gabriel, ella se interpone y él aprovecha para tomarla.)

(Román) ¡Ahora tú te vas a olvidar de tu adorado Gabriel y vivirás sólo para mí!

(Gabriel) ¡Estas completamente trastornado Román, déjala ir si dices amarla tanto y vuelve a ganarte su amor, pero no le hagas daño!

(Román) ¿¡Tú crees que soy tonto para dejártela de nuevo!? ¡No, te equivocas Gabriel, ahora que la tengo no te la voy a devolver nunca, escuchaste! ¡Nunca!

¡Pero como no quiero que te interpongas en mi camino, será mejor darte una ayudadita para que vueles como angelito y me saludes a San Pedro!

(Román mata de dos disparos a Gabriel; Constanza queda aterrada al ver a su novio muerto, trata de ayudarlo pero Román la detiene y se la lleva a fuerza de ese lugar)

(Constanza) ¿¡Eres un animal Román, cómo te atreviste hacer eso, él era mi vida, lo amo que no lo entiendes!?

¿Cómo pude creer en tus palabras, en el amor que decías tenerme, lo tuyo es un amor enfermizo? ¡Ahora te odio, te desprecio! ¿A dónde me llevas? ¡Suéltame!

(Román) Será mejor que te calles sino quieres…

(Constanza) ¿También me vas a matar? ¡Será mejor que lo hagas de una vez! ¡Pero jamás, compréndelo bien, jamás seré tuya Román, te desprecio!

(Román) No Constanza, a ti jamás te haría daño, primero me lo hago yo mismo.

(Constanza) ¡El daño ya me lo has hecho desde que te conocí y caí como estúpida ante tus palabras de amor que decías tenerme!

(Román) Será mejor que te vende y taparte tu boquita, hablas mucho y no quiero que me distraigas durante el camino, ya que aún nos queda mucho tramo por recorrer.

(Constanza) ¿A dónde me llevas?

(Román) ¡No preguntes y cállate!

(Horas después. Vamos, hemos llegado a tu destino. Te voy a quitar la venda de los ojos para que estés más tranquila. ¡Vamos camina y no intentes correr!

(Zorro) ¡Vaya! ¡Vaya! ¡Al fin llegaste Román, pensamos que la potranquita se te había escapado y eso te podría meter en más problemas de los que ya tienes! ¡Oye, tiene buen gusto el jefe!

(Román) ¡Déjala en paz zorro, esta mujer la vas a respetar sino te las vas a ver con migo!

(Zorro) ¿Contigo o con el jefe?

(Manotas) ¡Tranquilos los dos, será mejor que a la muchacha te la lleves a la recámara de arriba y la dejes bien instalada, y tan pronto como lo hagas te reportas con el jefe, ya que cada rato me está preguntando para ver si ya llegaron.

(Román) ¡Está bien ahora mismo lo hago y le llamo! ¡Vamos Constanza!

Manotas lo aparta un poco

(Manotas) ¡No será necesario, él se encuentra arriba, solo ten cuidado que no lo vea, puede resultar contraproducente!

(Constanza)¿Que juego es este Román, quienes son esos tipos y de que jefe están hablando?

¿Si lo que quieres es dinero se lo hubieras pedido a Gabriel, pero no lo hubieras asesinado con tal brutalidad?

¡Te desconozco por completo, ya no eres aquel Román bueno y cariñoso del que me enamoré!

(Román) ¡Ahórrate tus comentarios Constanza, que por ahora no me importan en lo más mínimo, y como no quiero problemitas te voy a soltar! Pero te voy a poner esta cadenita atada a la cama, y será mejor que no grites, hay mucho bosque a la redonda y nadie podrá escucharte, así que será mejor que te relajes y trates de descansar; uno de mis compañeros se quedará contigo esta noche y mañana volveré para ver que vamos hacer contigo.

(Constanza) ¿Pensé que al raptarme era porque querías que yo fuera tu mujer, que al menos me llevarías a tu casa o cualquier otro lugar, menos que me secuestraras para darme como si fuera mercancía? ¡Ahora te despreció tanto como un día llegué a amarte!

(Román) ¿Lo que piénses de mí no me importa en lo más mínimo sabías? Así que buenas noches y que descanses.

¡Buenas noches jefe! *Sus* órdenes *ya fueron cumplidas, todo ha salido como usted me lo pidió, ya cumplí con la parte del trato de lo que acordamos.*

(Jefe) ¿Me da gusto que lo hayas hecho, pensé que no lo harías? Dile al manotas que por esta noche él se quede vigilando la mercancía, tú y el zorro regresen al rancho, ya les daré instrucciones de lo que sigue después.

(Román) ¡Jefe! ¿Si ya cumplí con esa parte del trato ahora puede cumplir la suya?

(Jefe) ¿No comas ansias Román todo a su debido tiempo? ¿Hasta ahora he cumplido lo que acordamos no es así?

(Román) ¿Sí es verdad, pero ya ha pasado mucho tiempo y quiero saber si todo se encuentra bien con mi mercancía?

(Jefe) Tus tres paquetitos están muy bien, te aseguro que no les pasará nada malo.

(Román) Pero usted sabe que mi mercancía vale oro, usted me la quitó a la mala y quiero hacer todo por recuperarla. Usted sabe que con esa mercancía soy el hombre más rico.

(Constanza logra escuchar la conversación de Román tiene con aquel personaje llamado el jefe)

(Constanza) ¡No puede ser! ¿Román me secuestró y mató a Gabriel por mercancía? ¿Acaso mi vida vale menos que su maldita droga? ¡Dios santo! ¡Román ha caído muy bajo, ahora se dedica al comercio de las drogas, gamas pensé que le importara tanto el dinero!

(Román) ¡Vámonos zorro, el manotas se quedara esta noche con la muchacha, el jefe quiere que nos vayamos al rancho, así que te quedas y la tratas bien, ya sabes cómo se las gasta el jefe!

Ahí tienes algo de comida en la cocina, mañana te traigo otro poco y te relevamos de tu puesto.

(Manotas) Ni modo mi manotas, te tocará dormir al pie de la puerta. ¡Cual cachorro al pie de la puerta de su amo! ¡Ja, Ja, Ja! ¡No vayas soltar algún ladrido para que no asustes a la muñequita!

(Román) Deja de decir preguntas estúpidas Zorro y vámonos que ya es muy tarde y quiero llegar a descansar.

(De camino hacia el rancho.)

¡Oye zorro! ¿Cuántos años llevas trabando con el jefe?

(Zorro) ¡Ya no recuerdo cuantos años llevo trabajando para él pero ya son muchos! Desde que los dos éramos unos adolescentes. ¡Él siempre sobresalía en todo, siempre fue el más arrojado, especialmente en eso de los negocios, nunca ha perdido y sabes porque! ¿¡Porque cuando él se siente perdido simplemente tomaba su arma y los eliminaba; él dice que aún no nace aquel que le llegue a ganar en ninguna partida!?

(Román) ¿Así que en pocas palabras tú eres el hombre de confianza del jefe?

(Zorro) ¡Digamos que sí, y por eso jamás me atrevería a traicionarlo, ya que si lo hago a él no le temblará la mano para jalar del gatillo!

Así que será mejor que no intentes hacerlo; pues tú sabes que tu mercancía corre peligro de que se esfume y te quedes sin nada.

(Román) ¡Zorro, mi mercancía vale mucho y creo que muy pronto el jefe me la regresará y podré comprar un rancho lejos de aquí y dedicarme hacer otro tipo de cosas que no pongan en riesgo mí vida y la de los míos!

(Zorro) ¡Ya verás que si haces todo lo que él te pide te devuelve lo que es tuyo!

(Román) ¿Tú sabes dónde guarda la mercancía el jefe?

(Zorro) No, esas cosas sólo las sabe él. ¡Ya vez que cuestión de escondites, para eso se pinta el sólo!

(Román) No le creó ni una sola palabra a este tipo, él sabe perfectamente cada uno de los movimientos del jefe, si dice conocerlo desde hace muchos años quiere decir que lo conoce a la perfección, pero ya me encargaré de ganarme su confianza y sabré recuperar lo que el jefe me arrebató; pero todo esto que estoy pasando por su culpa pero no se quedará sin castigo, ya me las arreglaré para que pague todo lo que he padecido por su terquedad de tener todo lo que quiera, incluso la vida de los demás.

(Constanza) ¡Dios santo que ira a pasar conmigo, tengo tanto miedo; Señor dame el valor para poder encontrar la manera de salir de este lugar!

(Manotas) ¡Hola muñequita como estas! Te traje un vaso con leche y un pedazo de pan para que se alimente un poco. ¡No quiero que cuando la encuentre el jefe la mire toda desnutrida y me vaya regañar! ¡Hey, hey! ¿¡Quieta a donde cree que va!? ¡Será mejor que me obedezca o le puede ir muy mal!

(Constanza) ¡Por piedad no me haga daño señor, prometo no hacer ningún ruido pero no me toque!

(Manotas) Eres muy linda muchacha y cualquier hombre se sentiría orgulloso de tener una hembra como tú a su lado, pero por ahora no te aré daño, será mejor que te tomes lo que te traje, estaré afuera para que no trates de escapar, y si lo intentas tengo órdenes de no tentarme el corazón y mandarte con tu querido noviecito Gabriel.

Al día siguiente

(Jefe) ¡Qué bueno que ya llegaron! ¡Yo tuve que desviarme un poco pero llegué un poco antes que ustedes! ¿Cómo dejaron todo por aquellos terrenos zorro?

(Zorro) ¡Todo a la perfección mi jefe, aquí su amigo se encargó de que todo saliera a la perfección como usted lo dispuso!

(Jefe) ¡Me da mucho gusto por ti Román, no cabe duda que no me equivoqué en confiar en ti, se me hace que te puedo encomendar unos cargos un poco más delicados, pero ya veremos mañana en que te puedo necesitar!

(Román) Jefe, abusando de que está usted de buenas, ¿puedo hablar para ver cómo se encuentra mi mercancía?

(Jefe) ¡Para que veas que sí estoy de buenas te aré la llamada!

¡Bueno! ¿Rogaciano? ¡Oye! ¿Quiero que me digas si la mercancía que tienes a tu cargo se encuentra bien?

(Rogaciano) Se encuentra en perfectas condiciones jefe, los tres paquetes están muy bien.

(Jefe) ¡Te voy a pasar a Román, anda muy inquieto por ese encargo y quiero que lo tranquilices un poco!

(Román) ¿Rogaciano buenas noches, que tal esta todo por haya?

Román habla largamente con el tal Rogaciano para verificar que todo está en orden; pero Román aprovecha esta llamada y logra tomar el número del celular para averiguar de dónde es el área, ya que por meses y meses ha tratado de averiguar de dónde provienen las llamadas.

(Jefe) ¿¡Creo ya fue suficiente con lo que hablaste, ya te convenciste que todo está perfectamente no es así!?

(Román) Sí. ¡Comprobé que todo está como siempre!

(Jefe) Mañana tan pronto amanezca te vas a esta dirección y me recoges un paquete, ya sabes que no tienes que hacer ninguna pregunta, solo lo recoges y se lo das al Zorro, ya él tiene mis instrucciones. ¡Quiero que vayas poco a poco; te daré más responsabilidades de mayor realce y por consiguiente tus bolsillos jamás se quedaran vacíos, siempre estarán muy bien llenos de puro billete verde!

¡Por otra parte me da gusto que ya se te haya pasado la terquedad de tener a Constanza contigo, sabes perfectamente que esa hembra me pertenece y como todo lo que me gusta lo tengo esta no es la excepción! ¿Así que más te vale que no te interpongas porque la que puede pagar todo sería tu mercancía y eso no quieres que pase verdad Román?

(Román) Lo sé jefe, aquello sólo fue una locura, me di cuenta que no la amaba lo suficiente y por eso le dejé el camino libre, usted le puede dar lo que yo jamás conseguiré en toda mi vida.

(Jefe) ¡Así me gusta Román, que seas sensato y recapacites que aquí el que tiene el poder soy yo, y pobre de aquel que se interponga en mí camino! (*La divina es un arma*) La divina hace justicia por sí misma, yo sólo que tengo que apuntar y disparar y ella hace su trabajo.

(Al día siguiente en la cabaña)

(Román) ¡Dios Santo! ¡Él jefe me dijo que eran solo tres paquetes de su mercancía! ¿No pensé que esos tres paquetes fueran tan pesados? ¡Con esto me estoy arriesgando hasta el pellejo si alguna patrulla me intercepta y me descubre me voy derecho a la cárcel; pero por otra parte no puedo permitir que mi jefe obtenga su mercancía y yo pierda la mía!

¡Por eso he decidido arriesgarme, bien puedo ganar o perder! Aunque también de paso me puedo echar al jefe a la bolsa y que vea que soy de su absoluta confianza. ¿Antes de todo se me está ocurriendo hacer algo y debo hacerlo antes de entregarle la mercancía al Zorro? ¡Buena se la voy hacer al jefe, ya que él dice: Que si yo doy un paso el da dos, veremos que dice cuando se entere que me le adelante dando un paso más que él!

(Zorro) ¡Buenos días manotas! ¿Qué tal están las cosas por aquí?

(Manotas) Todo en orden, la muchacha se la pasó toda la noche como leona enjaulada, moviéndose de un lado para el otro, ya para el amanecer me asomé y la miré bien dormidita, creo la venció el sueño.

(Román) Aquí tienes algo para que comas tú y le lleves algo para que también coma ella; yo voy a subir a verla. ¡Antes de eso Zorro aquí tienes las llaves de la camioneta, y la mercancía en perfectas condiciones, el jefe me ordenó que te la entregara ya tú sabrás que destino!

(Román entra a verla y la encuentra dormida, él la admira y ve su gran belleza; recuerda los bellos momentos que pasaron juntos hace un par de años, el trata de acariciar su rostro, pero ella reacciona y le planta tremendo golpe en el rostro.)

(Constanza) ¿¡Qué te estás creyendo!? ¡Que me puedes tocar como si nada hubiera pasado, me das asco Román, no pensé que fueras tan ruin y calleras tan bajo, todo por conseguir dinero!

(Román) ¿A qué te refieres con eso?

(Constanza) ¿No te hagas del que no sabes nada? Ayer al salir te escuche hablar con ese al que llaman el jefe y le decías que sus órdenes fueron cumplidas y tú le mencionaste de tu mercancía y de los tres paquetes que él te tiene prometido, que valen mucho.

(Román) ¡Ha es eso! Pues sí Constanza, son tres paquetes muy valiosos para mí, sin ellos no podría vivir, los quiero más que a nada y por ellos estoy en esto y no descansaré hasta tenerlos bajo mi cuidado.

(Constanza) ¡Román tú no eres así! ¡Te conozco perfectamente, tú eres de corazón noble, ayudame a escapar y prometo que te are muy feliz, no me importa si vivimos pobremente, con tu amor y mi amor bastará para salir adelante! ¡Olvida esa mercancía y volvamos a empezar desde al principio!

(Román) ¿Para ti es muy fácil decirlo, pero para mí no lo es, sin esa mercancía mi vida no tendría ningún sentido?

(Constanza) ¿Cómo es posible que te hayas vuelto tan materialista y arrogante sobre todo un matón a sueldo, todo por conseguir esa maldita mercancía? ¡Por favor Román no me entregues a las manos del jefe, siento que es un ser tan despreciable que con tan solo escuchar su nombre me causa un terrible asco!

(Román) ¡Te equívocas Constanza, te vas a llevar una gran sorpresa cuando veas al jefe!

(Constanza) ¿Ha que te refieres con eso?

(Román) ¡Ya pronto lo sabrás, tú te irás con él sin poner la más mínima resistencia y yo tendré mi mercancía!

(Constanza) ¿Cómo crees que me iré con él si ni siquiera lo conozco? ¡Aparte yo no soy mercancía a la que puedan utilizar como les de su gana! ¡¿Román yo soy un ser humano que no entiendes!?

(Román) ¡No vine aquí para escuchar tus sermones Constanza, vine para ver como estabas y para que te puedas dar un baño, sólo que hay un gran inconveniente!

(Constanza) ¿Cuál?

(Román) ¡Que yo me voy a meter contigo a las ducha, no quiero arriesgarme a que aproveches la ocasión y quieras escapar por la ventana y eso a mí no me conviene!

(Constanza) ¡No! No escaparé, te lo prometo. Aparte que no tolero tú sola presencia, me incomoda Román, y no estoy de humor para soportarte más de cerca.

(Román) ¿Pues ahora para que se te quite lo altanera me voy a bañar contigo?

(Román la obliga para que se bañen juntos, ella lo golpea para que se salga del baño, pero sus fuerzas la dominan. Jamás se aprovecha del momento para abuzar de ella, el solo la quiere asustar y demostrarle que él es quien manda en ese momento.)

¡Estuvo delicioso el baño Constanza, espero que la próxima vez tú seas la que me pida que nos bañemos juntos!

En un rato te subo tu comida, te traje algo de ropa, espero te agrade, te la dejaré sobre la cama, enseguida vuelvo.

(Zorro) ¿Ahora tú porque bajaste tan fresquecito, no será que le madrugaste al jefe?

(Román) ¡Nada de eso, las cosas del jefe son sagradas, solo la refresqué un poco, y mira! Me dejó mis buenos recuerdos en mi cuerpo.

(Manotas) Ha canijo, se ve que trae las unas muy largas la condenada, será mejor que te cures, no sea que se te infecte.

(Román) ¡No es para tanto, cuestión de horas para que sane por completo, hay otras heridas que duelen aún más y sin embargo se cicatrizan!

(Zorro) ¿¡Lo dices por lo que significó la potranca para ti en el pasado!?

(Román) ¡Por eso y por otras cosas que ahora no vienen al caso!

(Manotas) ¡Ya está la comida de la muchacha! Nosotros ahora te dejamos con ella, él jefe nos llama y quiere decirnos lo que vamos hacer con la potranca, ya después te diremos lo que hay que hacer.

(Zorro) Quiero que tengas mucho cuidado, no quiero que le pase nada a la futura jefa; y pórtese bien que los ojos del jefe lo estarán vigilando constantemente.

(Román) ¡Ahora que se fueron averiguaré dónde está mi mercancía! Pero antes que nada debo ser precavido, no sea que con lo que me dijo el zorro, el jefe tenga bien vigilada la casa con cámaras escondidas. ¿La

única parte donde puedo estar seguro de que no haya es en el baño y la cocina, sí es verdad? Ahí no hay cámaras, *ya que de lo contrario hubieran subido el zorro y el manotas para que no le hiciera nada a Constanza.*

(Constanza) Ahora me siento más confundida con la actitud de Román, cualquier otro en su lugar se hubiera aprovechado de la situación y me hubiera hecho daño, pero él no lo hizo, ¿será que aún queda algo de bondad en su corazón?

¿Oh sólo lo hizo por quedar bien con el famoso jefe y que le devuelva su dichosa mercancía?

(Román) ¿El número es de la misma área que el mío? ¿Eso quiere decir que estoy muy cerca de encontrarla?

(El jefe) ¡Zorro! ¿Tú le has comentado algo a Román acerca de que tenemos vigilada la casa?

(Zorro) Para nada jefe, ¿por qué lo dice?

(Román) ¿De pronto no lo vi en la pantalla, no se para dónde se movió?

(Zorro) ¡Tal vez fue al baño jefe! ¿Ya lo buscó en las otras cámaras? ¡Mire ya apareció! Estaba en uno de los baños de la parte de abajo.

(Jefe) Si, pero lo noto algo sospechoso, no quiero que me tome por sorpresa ahora que le he soltado un poco más de mi confianza, será mejor tenerlo más vigilado.

(Zorro) ¿Usted cree que sospeche donde puede estar su mercancía?

(Jefe) ¡No quiero darle tiempo de que sospeche nada! ¡Ya sabes que si el da un paso, yo le llevo dos por delante y tú ya me conoces!

(Román) Ahora veo que la casa si está completamente vigilada y con cámaras de alta calidad, antes debo de encontrar algún mecanismo que las desactive o que por lo menos logre que se queden estáticas por unos minutos, así me dará tiempo para indagar lo que estoy sospechando, que posiblemente mi mercancía este en este lugar o quizás muy cercas de aquí.

¡Sí, tengo que ver la propiedad también por fuera ya que entre el bosque puede existir algún tipo de cueva donde pueda estar bien la mercancía! Tendré que darme prisa si quiero revisar la casa por completo.

(El jefe) ¡Manotas! ¡Prepara la camioneta que vamos a salir a la casa del monte; desde hace rato estoy vigilando a Román y parece que no se mueve, quizás interrumpió algún mecanismo de las cámaras para poder buscar su mercancía, pero recuerda que yo soy más listo y no lo voy a dejar que dé un paso sin antes yo habérmele adelantado dos!

(Manotas) ¡Vámonos jefe, ya tengo la camioneta lista! ¿Espero que Román no se pase de listo, sino tendré que mandarlo al otro mundo y sin funeral de paso?

(Jefe) En este tipo de trabajo hay que desconfiar hasta de tu propia sombra. ¡Otra cosa! Llámale al Zorro y que nos alcance en la casa del monte; hace rato me llamó para decirme que la mercancía ya está en su destino y que regresaría aquí con nosotros, pero con esto que ahora pasó será mejor que nos acompañe y echemos un vistazo a Román.

(Manotas) ¿Oiga jefe se da cuenta que con nuestra visita se puede enterar la muchacha de quién es usted en realidad?

(Jefe) ¡Sí, ya lo había pensado pero ya es tiempo que se vaya dando cuenta quien va hacer su dueño!

(Manotas) ¿Qué tal si la muchacha se reúsa y no quiere estar a su lado?

(Jefe) ¡Aquí no se trata de que si quiere o no quiere, aquí se hace lo que yo quiero, y no me importa si ella está de acuerdo o no; yo he decidido que ella este a mi lado y sea la mujer de Gabriel Alarcón, por otra parte no hay mujer que se resista a tener una vida cómoda como la que yo le ofrezco! ¡Quizás al principio me dé un poco de trabajo domarla pero al final sé que cederá a todo lo que le ofreceré!

(Román) ¿Ya revise toda la casa y no hay nada que me indique que se encuentren en alguna parte de ella, solo me falta la cocina? ¿Pero ahí no hay espacio para mi mercancía?

¡Un momento! ¡Aquí en la cocina hay suficiente comida como para una sola persona! ¿Eso quiere decir que si estoy muy cerca de encontrarla, también que puede estar fuera de la casa y muy cercas? ¿Pero cómo le aré para ausentarme un buen rato y no levantar sospechas? Por lo pronto debo hacer que todo esté bien y acomodar las cámaras.

(Manotas) ¡Hemos llegado jefe, le vamos a caer de sorpresa a Román!

(Jefe) ¿Prepárate para lo que pueda pasar, quizás lo encontremos con las manos en la masa?

(Román) ¿¡Jefe que hace usted aquí!?

(Jefe) ¿Por qué te asusta mi llegada Román? ¿Estás tramando algo a mis espaldas, te miro muy impresionado y un tanto nervioso?

(Román) ¡No es eso, lo que pasa que Constanza se puede dar cuenta y no sé lo que pueda pasar!

(Jefe) ¡Creo ya es tiempo que se entere de toda la verdad! ¿Tú que hiciste en todas estas horas estando solo, recuerda que tengo ojos por donde quiera y te he visto muy sospechoso? De una vez te aviso que si intentas traicionarme o pasarte de listo, no me tocaré el corazón para desaparecer tu mercancía y que no vuelvas a saber nunca de ella. ¡Te tengo en mis manos Román para que lo tengas siempre presente!

(Román) ¡No jefe nada de eso, yo no quiero perder todo lo que ya he ganado hasta ahora, y menos a perder mi mercancía, usted sabe que eso es lo más sagrado para mí en este momento!

(Jefe) ¡Eso espero y no me salgas con alguna sorpresa! ¿Por qué al menor intento que hagas, basta con que yo diga una palabra y tu mercancía se esfuma? Ahora sube y tráeme a Constanza que la quiero saludar y le dices que se arregle como solo ella sabe hacerlo. ¡Mira le traje una buena ropa para que la luzca esta noche! ¡Hoy tendremos nuestra gran noche, me la llevaré a uno de los mejores restaurantes de la cuidad y para ello quiero que luzca como toda una reina; que todos la vean, que la admiren y que sepan que ya tiene dueño!

(Román) ¡Hola Constanza como estas! ¿Perdón creo csa pregunta está de más decirla estos momentos? ¡Prepárate por que el jefe quiere volver a verte y te tiene muchas sorpresas preparadas, me lo acaba de decir hace un instante, por lo tanto te sacaré de este encierro de donde estas! ¡Pero antes debes arreglarte un poco, él te manda este vestido para que lo luzcas como solo tú sabes hacerlo!

(Constanza) ¿Por qué me dices de este personaje tan misterioso a quien ustedes llaman el jefe quiere volver a verte? ¿De quién se trata Román? ¿Por qué lo obedeces tan ciegamente, acaso te tiene amenazado con algo? ¿Contestame Román no te quedes callado?

(Román) Son muchas las preguntas que se haces Constanza, pero desgraciadamente no puedo contestar a ninguna de ellas. Pero quizás en un rato más algunas de esas preguntas se te aclaren y otras te vuelvan más confundida.

(Constanza) ¡Realmente te desconozco Román, estas completamente cambiado! ¿Tú no eras así cuando estábamos juntos? ¡Eras muy alegre, romántico, tenías muchos planes y proyectos para los dos! ¡Aún me resisto a pensar en que ahora tú seas esa misma persona llena de odio y resentimiento por dentro! ¡Por un momento pensé en decirte que me ayudes a escapar de este lugar, que me lleves contigo, que no me entregues a esa persona a la cual obedeces ciegamente!

(Román) ¡Será mejor que des prisa, el jefe ya debe de estar impaciente por verte y si no lo haces a mi es el que me puede ir muy mal, y en estos momentos no anda muy contento conmigo así que prepárate rápido!

(Constanza) ¡Román por piedad tengo mucho miedo! ¡No te apartes ni un momento de mí, no dejes que el jefe me lleve lejos de donde no te pueda ver! ¡En estos momentos eres la única persona en quien puedo confiar, no conozco a nadie, solo a ti!

(Román) ¡Trataré de estar lo más cercas posible para evitar que te haga daño! ¿Aunque después que lo veas quizás me digas que los deje solos?

(Constanza) ¿A qué te refieres con eso?

(Román) ¡En un momento lo sabrás!

(El jefe) ¿Manotas, ya echaste un vistazo a la redonda?

(Manotas) ¡Si jefe, todo está en orden, la mercancía está bien! ¡Solo que él nos pidió ir a la ciudad, usted ya sabe, hay que darle gusto al cuerpo de vez en cuando!

(El jefe) ¡Está bien manotas, solo espero que a Rogaciano no se le vaya a ir la lengua ahora que ande por la ciudad y nos perjudique, porque entonces si estamos fregados!

(Manotas) No se preocupe jefe, antes de que se fuera le leímos bien la cartilla para que no fuera hablar de mas, sino ya sabe a lo que se atiene.

¿Oiga jefe y que paso con Román, le encontró en alguna movida chueca? ¡Hasta el momento no lo ha hecho, pero si lo encontré muy nervioso, se me hace que algo trama, por eso hay que tenerlo muy vigilado? ¡Parece que ya viene, déjanos solos pero quédate cercas por si las dudas!

¿Por qué tardan tanto Román? ¿A caso le contaste ya la verdad?

(Román) ¡Claro que no jefe, eso a mí no me corresponde, solo que usted ya sabe cómo son las mujeres, tardan horas en arreglarse!

(Jefe) Espero que esa demora vaya a valer la pena, y no me deje quedar en ridículo. Pero antes de que ella baje me pondré detrás de esta pared y tú me la preparas un poco para que no se me vaya a desmayar de la emoción al verme.

(Román) ¡Está bien jefe como usted ordene!

(Constanza aparece por las escaleras como toda una reina; Román no deja de admirar aquella mujer que aparece ante sus ojos, le vienen a su memoria los dulces y bellos momentos que pasaron juntos, pero que ahora desgraciadamente le iba a pertenecer a otra persona. Desafortunadamente el jefe lo tenía

bajo su dominio y no podía mover un dedo para salvarla de las garras de ese ser tan despreciable. Pero él tiene que seguir fingiendo que no le interesa en lo más mínimo, hasta el punto ignorarla y hacerle sentir que no le importa en lo absoluto lo que le suceda. Él ruega constantemente a Dios que pronto pase todo aquello y ella lo pueda perdonar y entienda los motivos por los cuales tuvo que actuar de esa manera. Por otra parte Constanza se encuentra aterrada pero no lo da a demostrar ya que quiere ser fuerte para poder enfrentarse ante ese personaje; ha decidido mostrarse fuerte y no dejarse intimidar por el jefe, no importando quien sea ese ser tan misterioso por la cual la habían privado se su libertad.

(Germán) ¡Vaya, creo que valió la espera de tu demora, luces espectacular como siempre, como toda una reina!

(Constanza) ¡Desgraciadamente te has fijado muy tarde Germán, y ahora tú, el que decías amarme con locura me entregarás a los brazos de otro de quien no tengo ni la más mínima idea quien puede ser!

Pero puede ser que en cierta manera se parezca a ti, son ustedes unos cobardes que no saben dar la cara, y para muestra estás tú mismo, que te fuiste sin dejar huella; y ahora ese dichoso jefe que es un cobarde ya que no tuvo los suficientes pantalones para hacerlo el mismo sino que mando a sus achichincles para que hagan el trabajo sucio.

(De pronto de entre las sombras se aparece el jefe dándole el rostro a Constanza, dejándole sin decir palabra alguna.)

(Constanza) ¿Tú?

(El jefe) ¡Así es Constanza yo mismo; Gabriel el jefe como todos me llaman! ¡Ya sé que se te vienen muchas preguntas a la mente y quieres explicaciones! Por ahora eso no te debe importar mucho amor mío, sino el hecho que estoy aquí vivo para poder amarnos como antes.

(Constanza) ¿Cómo se te ocurre decir semejante estupidez Gabriel y mucho menos me llames amor; no sabes los momentos de angustia, de desesperación y dolor que sentí al ver tu cuerpo inerte sangrando? ¿Pensando en que Germán te había matado, pero veo que todo lo tenían perfectamente planeado? ¡Ahora lo que más lamento es haber creído en tus palabras, en el amor que decías tenerme, pero se me ha caído la venda de los ojos! ¡Si en algún momento pensé llegar a sentir amor por ti, ahora con esto que has hecho terminaste de matar todo eso, todo lo has tirado a la basura Gabriel! ¿Ahora mi pregunta es porque armaron todo este teatro y que vela tengo yo en todo esto?

(El jefe) ¡Mira Constanza, ustedes las mujeres tiene un sexto sentido y por lo tanto ya intuías a lo que me dedico! Por consiguiente ya me venían siguiendo los talones los del FBI así que convencí a Germán de armar todo este plan para que apareciera un crimen.

(Constanza) ¡¡Pero entonces a quien encontraron en ese lugar!?

(El Jefe) ¡Todo eso fue muy fácil! ¡Mis muchachos encontraron un pobre infeliz con mis mismas características y pues le toco visitar más pronto a san Pedro! Ya de paso le dejamos todos mis documentos, así pues de paso matábamos dos pájaros de un tiro; el FBI encuentra mí cadáver y me libero de ellos, y por la otra me dejan seguir trabajando en paz. Ahora he adquirido una nueva identidad con la que nadie me molestará para seguir operando mis asuntos, así que para todo el mundo yo estoy ya bien muerto y enterrado. ¡Solo me hace falta uno que otro arreglo, nada que la cirugía no pueda remediar! Pero para eso tu estarás a mi lado, para apoyarme y consentirme, yo a cambio pondré el mundo a tus pies, te trataré como toda una reina, te prometo que no echaras tu vida de antes.

(Constanza) ¿Que te hace suponer que yo voy a aceptar la proposición que me has hecho? ¡Yo no soy ningún juguete del que tú puedas disponer y hacer con él lo que se te venga en gana! ¡Tampoco soy uno de achichincles que con un mover una mano hacen lo que les dices! ¡Te equivocaste conmigo Gabriel así que será mejor que me retire!

(El jefe) ¡Un momento Constanza, yo jamás he dicho que te puedes retirar! ¡Tampoco te estoy pidiendo que aceptes; aquí las decisiones las tomo yo, por lo tanto e dispuesto que serás mi mujer quieras o no! ¡No me importa tenerte siempre bajo estas cuatro paredes, con tal de que estés a mi lado, y ya lo has comprobado estando encerrada en esa habitación!

Constanza intenta escaparse y sale corriendo de la casa del monte. Corre lo más rápido posible pero Germán logra alcanzarla y retenerla.

(Germán) ¡No hagas las cosas más difíciles Constanza, quédate al lado del jefe; si lográs escapar él te puede volver a encontrar hasta en el lugar más recóndito que exista en la tierra y entonces sí que te puede ir mas mal y te encerrará en algún lugar donde nadie te pueda salvar! ¿¡Yo sé lo que te digo, por ahora no puedo hablar mucho porque nos está mirando, si aún te queda un poco de confianza no huyas, yo sé lo que te digo, más tarde te cuento todo pero por ahora has las cosas bien y trata de complacerlo en todo!?

(Constanza) ¿¡Está bien, supongo no me queda otra opción por el momento; tendré que conformarme con lo que me acabas de decir!?

(El jefe) ¿¡Ya te diste cuenta que será inútil escaparte de mi lado!?

(Constanza) ¡Está bien Gabriel tú ganas!

(El jefe) ¡Claro que yo siempre gano Constanza, y la muestra eres tú misma, jamás te dejaré ir de mi lado!

(Constanza) ¡Pero de una vez te aclaro que no me tendrás como la mujer sumisa y abnegada que no tiene voz ni voto! ¡¡Solo te advierto que quizás ante la sociedad seré tu esposa, pero nunca tu mujer en la intimidad, que te quede eso muy claro!?

El jefe murmura para sus adentros con una sonrisa en todo de burla; ¡ya veremos si no te puedo domar en muy pocos días, y después te tendré comiendo de la palma de mi mano pidiéndome que te haga mujer! Ninguna mujer viene a decirle al jefe lo que tiene que hacer, aún por mucho que te amé no dejaré que nadie esté por encima de mis hombros. ¡Y menos una mujer!

(Germán) ¿¡Ya lo ve jefe, se sintió perdida y no tuvo más remedio de doblar las manitas y aceptar sus condiciones!?

(El jefe) ¡No te fíes nunca de ellas Germán, las mujeres son peor que Judas! ¡Al menor intento te dan la cuchillada por la espalda, así que hay que tenerla muy bien vigilada! ¿¡Será mejor que tú nos acompañes esta noche a la cena que le tengo preparada, no quiero que en otro descuido mío vaya a darse a la fuga!? Te quedarás afuera del restaurant para vigilar cualquier movimiento. Manotas y el Zorro les he encomendado otros asuntos así que no podrán acompañarnos. ¡Entra y dile a Constanza que la espero en la camioneta!

(Román) ¡Vamos Constanza, el jefe nos está esperando en la camioneta y será mejor darnos prisa, no quiero que se moleste y después tenga que venir a buscarnos y entonces si se puede poner la cosa mucho más violenta!

(Constanza) ¿Aun no entiendo ese afán tuyo de servirle a Gabriel, tanto te importa esa dichosa mercancía que te dejas manipular y pisotear tu orgullo? ¿Tanto te urge salir de la pobreza? Desde que te conozco siempre has sido una persona trabajadora y que sabes luchar por lo que quieres, pero siempre honradamente, sin necesidad de caer en lo más bajo y tampoco de importaba vivir mucho en la pobreza.

(Román) ¡Tú lo has dicho Constanza, no me importaba! Ahora es muy diferente, él me arrebató lo que más quiero en el mundo, y por ese algo es por lo que estoy luchando y dejo pisotear mi orgullo de hombre y de ser humano; aré hasta lo imposible porque me entregue mi mercancía a salvo.

(Constanza) ¡Te escucho y no puedo creer que esté hablando con el Román que yo conocí! ¡Me impresiona como el dinero y el poder pueden llegar a cambiar los valores humanos de la gente, todo por llegar a tener dinero y poder!

(Román) ¡No Constanza, conmigo te equivocas, Yo sigo siendo el mismo de siempre, solo que ahora no comprendes los motivos por los cuales estoy actuando de esta manera, espero y pronto termine esta pesadilla y pueda contarte toda la verdad, quizás solo entonces me des la razón y dejes de juzgarme con tanta dureza como lo estás haciendo ahora!

(Constanza) ¿Cómo quieres que no lo haga si todas tus acciones te delatan?

(Román) ¡Es verdad pero sé que todo tiene una explicación, la cual no te puedo dar en estos momentos, sólo quiero que confíes en mí como te lo dije hace un momento cuando tratabas de huir! ¡Pero por ahora vamos que el jefe ya debe de estar sumamente impaciente y no quiero se compliquen más las cosas! ¡Ahora pórtate bien con el jefe y complacelo en lo que más se pueda, y si te pide algo más aquí tengo algo con lo cual lo puedes dormir, quise tomar algunas precauciones por si llegara el momento y ganar un poco más de tiempo; lo compré cuando venía de camino, pero házlo sin que él se dé cuenta! ¡Ahora vámonos!

¡Constanza no sabe que pensar de la actitud de Román; en algunas ocasiones se muestra muy duro y severo con ella, pero en algunas otras la hace dudar con la actitud que toma, ella presiente que aún puede existir algo de amor en el corazón de Román, pues lo nota en la forma en que la mira, siente vibrar su cuerpo cada vez que se le acerca. Aunque el trate de hacerse el fuerte cuando esta freta a ella, pero de inmediato pone una

barrera que lo hace alejarse y es esa *dichosa mercancía por la cual el tanto lucha!*

(Jefe) ¡Vaya, por un momento pensé que habías intentado volverte a escapar!

(Constanza) ¡Te dije que estaba dispuesta a aceptar estar contigo, solo bajo algunas condiciones que me supongo sabrás a las que me estoy refiriendo!

(Jefe) ¡Sé qué clase de condiciones, pero ya abra tiempo para aclarar eso, por ahora vamos a un lugar espero te guste lo que elegí pensando en ti!

Rato más tarde.

(Constanza) ¿Oye me dijiste que era un restaurant no un fiesta?

(Jefe) ¡Lo sé pero a la última hora fueron muchos los invitados así que mejor decidí alquilar este pequeño salón! ¡Mira, que pronto has acaparado las miradas de todos nuestros invitados! ¡Sonríe mujer que se te note lo alegre que estas, sino mis amigos notaran que te traje por la fuerza!

(Constanza) ¿Me trajiste solo para exhibirme? ¿Acaso crees que yo soy mercancía a la que puedas utilizar como se te venga en gana? ¡Discúlpeme pero eso yo no lo voy a permitir, será mejor irme!

(Jefe) ¡Tú de aquí no vas a dar el menor paso hacia atrás, y si intentas hacerlo tengo mucha gente a la vista, que con solo una señal pueden traerte de inmediato! ¡Camina y muestra tu mejor sonrisa, te voy a presentar a gente muy importante que jamás pensaste llegar a conocer en tú vida! Con algunos de ellos tengo grandes negocios, y de esta noche depende que yo suba mucho más y logre estar a su misma altura, quiero tener el control absoluto de muchos territorios que ahora ellos dominan; y esta noche parece ser la indicada y tú ahora eres un escalón para que yo pueda llegar hasta ahí.

(Constanza) ¿Yo porque?

(Jefe) ¡A caso no lo totas! ¡Nada más ve todas las miradas que estas acaparando, quizás más de alguno te haga alguna insinuación algo indecorosa!

(Constanza) ¡A la que yo por supuesto voy a rechazar!

(Jefe) ¡Todo lo contrario mi estimada Constanza, todo lo contrario! De eso depende que yo llegue a tener el control absoluto. ¡Tú con tus encantos de mujer puedes llegar a conseguir muchas cosas, cosas que a mí me benefician en mis negocios!

(Constanza) ¡En otras palabras me trajiste para venderme!

(Jefe) ¡Primeramente te traje aquí porque es un requisito estar casado o al menos comprometido para entrar a la organización, de otra manera no hay forma de ingresar así que debes actuar como si me amarás profundamente! ¡Ya sabes, donde quiera existen reglas y esta es una de ellas!

¡Por otra parte yo no emplearía esa palabra, yo jamás permitiría que alguien pusiera sus sucias manos en la mujer que muy pronto será mi esposa, solo quiero que juegues un poco tus encantos! ¡Sé capta mi estimada Constanza, utiliza tu grande belleza, puedes provocarlos, seducirlos, incitarlos, pero jamás meterte con ellos! Ellos saben perfectamente de lo que yo soy capaz por defender lo que es mío.

(Constanza) ¡No sé quién es peor, si tú o Román!

(Jefe) ¡Ja, Ja, Ja! Román es solo un pelele que esta bajos mis órdenes, a él en cualquier momento lo puedo eliminar; él me tiene sin cuidado en estos momentos, es más, estos últimos días he tenido algunas sospechas que algo trama bajo mis espaldas, por eso debo tenerlo más vigilado. ¿Porque crees que me lo traje? Al enemigo hay que tenerlo lo más de cercano para saber qué hace, en que piensa, cuáles son sus puntos débiles y así no nos agarra de sorpresa. ¡Pero por ahora dejemos a Román fuera de esto, aquí lo importante es presentarte a unas personas que son muy influyentes y que nos pueden beneficiar! Y digo nos pueden beneficiar ya que no solo te presentaré como mi novia, sino como mi futura esposa. ¡Sigue caminado y sonríe! ¡Así es, tu desde este momento eres mi prometida y no me pidas explicaciones, creo esas salen sobrando en estos momentos!

¡Ahora te quiero presentar a dos de los hombres más poderosos, a los cuales el FBI quisiera capturarlos pero no les es tan fácil! ¡Ellos son el Sr. Álvaro Duarte y Genaro Rivera!

¡Señores, les quiero presentar a mi prometida, Constanza Villanueva, que *en unos días más será la Sra. de Alarcón!*

(Sr. Duarte) ¡Encantado de conocerla Constanza, aquí nuestro amigo Alarcón, más conocido como el jefe nos ha contado maravillas de usted, de su grande belleza, pero por lo visto se ha quedado corto, su gran belleza no se puede pasar desapercibida, le aseguro que muchas de las mujeres que se encuentran aquí ya le envidian!

(Sr. Rivera) A sus pies Constanza, y estoy totalmente de acuerdo aquí con el Sr. Duarte ¡Su belleza es sumamente cautivadora! Espero y eso a usted no le incomode Gabriel. ¡Solo estamos elogiando la belleza de su prometida!

(Jefe) ¡Claro que no mis estimados amigos, se bien que ustedes lo hacen con la mejor de las intenciones!

(Constanza) ¡Así es Señores, para mí es un cumplido viniendo de tan grandes caballeros! Mi prometido me ha hablado maravillas de ustedes, ¡Por supuesto todas elogiando su gran desempeño en los negocios, y sobre todo el grande respeto que ustedes le merecen!

(Sr. Duarte) ¡Que impresionante, veo que su belleza y su inteligencia van de la mano! ¡Nuestro muy estimado amigo Gabriel se ve que eligió correctamente a la que será su esposa, estoy casi completamente seguro que llegaran muy alto ya que usted cuenta con el apoyo de su futura esposa!

El jefe y Constanza se apartan un poco de los invitados.

(El jefe) ¿¡Me dejas impresionado ante la actitud que has tomado, se ve que tu desenvolvimiento en este tipo de fiestas te es muy familiar!?

(Constanza) No seas irónico Gabriel, esto no lo hago por ti, sino por mí misma, No quiero pasar como una tonta ante tanta gente importante y solo agachar la cabeza. Afortunadamente mis padres me dieron educación y se comportarme a cualquier altura. Desgraciadamente no me conociste lo suficiente, solo vez el exterior de las personas y no su interior. ¡Y si quieres que yo te apoye en tus planes para escalar en tu poder tienes que aceptar mis condiciones!

(Jefe) ¿¡Ya me las imagino, pero dimelas de todos modos!?

(Constanza) Que me vas a respetar, que no vas a quererte propasar conmigo. ¡Tú a mí no me podrás tocar ni un solo pelo! ¿¡Tampoco firmaré ningún documento matrimonial contigo y sobre todo quiero que me digas que clase de negocios te unen a Román!?

(Jefe) ¡Veo que has sacado las uñas mi estimada Constanza, y eso me gusta, ahora veo que elegí bien al tenerte a mi lado! Pero solo te puedo respetar dos condiciones: la primera es que no intentaré propasarme contigo ya que eso es algo difícil teniendo tan cerca a tan linda belleza. La segunda es que por el momento no te forzaré para que te cases conmigo ¡Pero en esa última no te puedo decir nada, ese es un pacto entre Román y yo, y como verás un pacto entre caballeros no se puede romper, eso hablaría muy mal de nosotros dos!

(Constanza) Está bien Gabriel, trataré de confiar en ti, ya verás que no te dejaré en ridículo con algunos de tus invitados, seré lo más atenta que se pueda, y eso que me propusiste de sonreírles un poco de más de lo debido a tus dos amigos, no será necesario, creo que con lo poco que hablamos fue suficiente para darme cuenta que desearían tenerme, pero yo se defenderme de esa clase de tipos. ¡Sólo te pido que no bebas tanto, veo que ya llevas varias copas, si sigues así no creo que puedas mover un dedo para defenderme!

(El jefe) ¡No te preocupes por mí, se controlarme perfectamente, así que no tengas pendiente por eso!

(Constanza) ¡Claro que me da pendiente, con tus copas demás no quiero que se te salga alguna impertinencia de tu parte!

(El jefe) ¡Creo que el preocupado debería ser yo, ya que te he tenido a la fuerza y quizás tú puedas aprovecharte de las circunstancias para escaparte! ¡Pero eso no sucederá, ya que tomé mis debidas precauciones para que nada de eso suceda!

(Constanza) ¡Eres de lo peor Gabriel, no sé cómo pude fijarme en alguien como tú! ¡Fui una tonta al creer en tus palabras, pensando que eres diferente a los hombres que he conocido, pero eres igual o peor que todos!

(El jefe ¡¿En ese todos supongo también incluyes a Román, digo, él te engaño también!?

(Constanza) ¡Los dos son culpables por jugar con mis sentimientos, ahora los odio a los dos!

(El jefe) ¡Pues veo que a él no tanto más que a mí! ¿A caso crees que soy tonto para no mirar cómo se te salen los ojos cada vez que lo miras y siento que quieres correr a sus brazos para besarlo? ¡Ah él también le pasa lo mismo, pero se olvidan que tú ahora eres mía y de nadie más!

(Constanza) ¿¡Suéltame Gabriel me estás haciendo daño, la gente nos está mirando!? ¡Voy a tomar un poco de aire, espero no te moleste, y por favor ya deja de tomar!

(Román) ¡Dios mío, espero y Constanza no esté corriendo ningún peligro ante tanto tipo que no tienen ni el menor escrúpulo y quieran aprovecharse de ella! ¡Pero sé que tiene su buen carácter y una mano muy fuerte para defenderse, sí lo sabré que aún siento sus golpes cuando me metí a la regadera con ella! ¿Que por cierto no sé cómo me pude contener para no estrecharla entre mis brazos y hacerla mía o de menos robarle un beso? Desde el momento en que el jefe nos separó no he dejado de pensar en ella, de amarla con locura, siento unos deseos ardientes de hacerla mía, pero ahora con todo esto que está sucediendo no sé qué rumbos puedan tomar nuestras vidas; por ahora solo sé que no dejo de pensar en ella, en las noches presiento sentir su cuerpo, su aroma, sus labios rosando los míos, y mis manos deslizando su cuerpo; ¿pero cuando despierto aparece el fantasma del jefe y la aparta de mí lado sin que ella ponga la mayor objeción? ¿Sera que la he perdido? ¡No, yo aún me resisto a pensar eso, tan pronto como obtenga mi mercancía la recuperaré y no la dejaré en manos del jefe!

Román se pone triste pensando el que quizás llegue a perder el amor de Constanza. Teme que las cosas vayan a complicarse ahora que la tiene bajo su dominio. ¡Por un instante siente el impulso de verla pensando en que la puede estar pasando muy mal y busca la forma de entrar para verla pero...!

(Constanza) ¿Qué pasa Román, te veo un tanto desesperado, todo está bien?

(Román) ¿Constanza que haces aquí, acaso te quieres volver a escapar?

(Constanza) ¡Pues ya vez que no es así, solo salí a tomar un poco de aire fresco, tanta gente me abruma y más esta clase de fiestas! ¿Tú sabías a la fiesta que veníamos?

(Román) ¡No para nada, yo me quedé muy sorprendido al ver tanta gente, pensé que te llevaría algún restaurant!

(Constanza) ¡Ya vez que no fue así! Gabriel solo me trajo para exhibirme ante sus invitados y presentarme como su prometida y especialmente ante dos de ellos, que son los dos grandes capos que operan en grandes países. Él aspira a llegar hacer uno de ellos, para lo cual necesita mi ayuda, él sabe perfectamente cuál es su lado débil, que en este caso son las mujeres. Por lo tanto casi me ofrece como mercancía para que ellos caigan y así él logre su cometido, lo cual es tener el poder y dominar a las grandes mafias, pero para su sorpresa resulte ser más astuta que él, ¡Sé perfectamente la clase personas que son y hasta donde pueden llegar para obtener sus caprichos de machos!

¿Por otra parte a Gabriel se le están pasando las copas, ya quisiera que todo esto terminara ya estoy muy cansada?

(Román) ¡Pues te vez perfectamente! ¿¡No me explico cómo es que tú te puedes desenvolver en este sucio mundo!? ¿Hasta donde yo sé no eres una mujer de mundo, sé de tu buena educación en la cual te formaron tus padres pero nada más?

(Constanza) ¡Román, mucho antes de que tú y yo nos conociéramos, mis padres y yo vivíamos en la opulencia; con carros, viajes, joyas, buenas ropa y todas esas cosas que se compran con dinero!

¡Poco me importaba saber de dónde provenía toda esa inmensa riqueza, lo único importante para mí era gastarlo a manos llenas! ¡Una tarde en la que yo llegaba de unas de mis tantas fiestas escuche a mis padres hablar en la biblioteca, mi padre estaba al borde del suicidio y mi madre lo consolaba, pensando que solo fue un mal negocio, pero mi padre responde que es algo más peor! ¡Mi padre estaba en la absoluta quiebra, y para salvarla tuvo que pedir ayuda a un capo de la mafia el cual le brindo su ayuda solo a cambio de un intercambio de mercancía el cual le salvaría de quedar en la calle!

(Román) ¿Qué clase de intercambio era esa mercancía?

(Constanza) ¡Ese intercambio de mercancía era yo misma! ¡Esa era la condición que le ponían a mi padre para salvarlo de la ruina!

Mi padre le dice que prefiere la ruina antes que vender a su única hija como mercancía; por otra parte le preocupaba la reacción que tendría yo al saber la verdad, ya que perdería todo a lo que yo estaba acostumbrada. ¡Abrí la puerta de la biblioteca y me arrojé a sus brazos pidiendo perdón por lo egoísta que había sido al pensar solo en mí misma y el no voltear la mirada a lo que les estaba sucediendo! Dije a mis padres que no me importaba vivir sin nada, ya que prefería tenerlos a ellos, que el dinero no era la felicidad, que ellos eran mi mayor tesoro. Así que sin pensarlo mucho en unos días abandonamos la mansión donde vivíamos y nos fuimos a vivir a una pequeña casa que mi padre había comprado con lo poco que había recuperado y así fue como tú me conociste. Al poco tiempo de tu abandono mis padres murieron en un terrible accidente de auto; yo nunca me tragué el cuento de que los frenos habían fallado. ¡Más bien tengo la sospecha de que a mis madres los mando asesinar la persona que intentó sobornarlo al tratar de comprarme como cualquier objeto! Después de su muerte y con tu abandono me sentí totalmente desprotegida; así que la llegada de Gabriel me hizo sentir viva y que podía confiar en alguien; ya con el tiempo intente amarlo pero tu recuerdo aun pesaba demasiado.

(Román) ¡Siento mucho a verte juzgado tan a la ligera, pero nunca me imaginé que hubieras pasado por tantas cosas! ¡A mí también me han pasado muchas cosas en las cuales estoy metido hasta el cuello!

(Constanza) ¿En qué cosas andas metido Román? ¿Por qué tanto misterio con esa dichosa mercancía, qué más te une a él que no te deja ser tú mismo? ¡No soy tonta Román y sé que él te tiene amenazado con algo! Hace un rato quise averiguar qué es lo que los une a ustedes, pero él no me quiso decir nada, dijo que es un trato entre caballeros y que no iba a faltar a su palabra, y veo por tu actitud que tu aras lo mismo.

(Román) ¡Así es Constanza, los dos tenemos un trato, en la cual yo llevo las de perder, pero eso no me impide seguir adelante y conseguir lo que me ha quitado de mis manos, y entre esas cosas que me quito te encuentras tú! ¡Si por mí fuera en este mismo instante te llevaría conmigo para que jamás volvieras con él, pero no puedo, me tiene en sus manos!

(Constanza) ¡Tiene que ser muy grave lo que te une a él, de otra manera ya lo habría sabido! ¡No te forzaré para que me lo digas, voy a esperar que se den las cosas y quizás más delante puedas contarme! Ahora debo volver a la fiesta, le dije a Gabriel que iba al baño, pero aproveche la puerta trasera y vine para decirte que estoy bien, debo irme, no quiero que sospeche nada ahora que intento ganar su confianza.

(Román) ¡Anda ve Constanza, no quiero que por mi culpa algo malo te suceda; pero antes de que te vayas déjame decirte de nuevo que te vez hermosa, radiante! ¡No sé cuánto tiempo pueda durar esta pesadilla, pero quiero que sepas que el día que termine te voy a volver a conquistar, pero esta vez sin engaños y sin mentiras!

(Constanza) ¡Solo espero que ese día no sea demasiado tarde para nosotros, o quizás no salgamos libres de esto, pues nos encontramos en cueva de ladrones!

(Román) ¡Tenlo por seguro que siempre estaré tras de ti para que nada malo te suceda!

Ahora que ella se ha marchado debo de encontrar la forma de protegerla y sacarla lo más pronto posible de todo está maldad que la rodea, pero antes de tomar cualquier decisión debo consultar mis planes.

(Cmte. Rosendo) ¡Muchas gracias por avisarme Román, ten por seguro que toda esta información que me acabas de dar ayudará para que todo este operativo salga lo mejor posible y no perjudique en nada tu mercancía! ¡También me gustaría que Constanza estuviera enterada de todos los planes que se tienen y que su vida corre peligro, debe tener mucha precaución antes de dar un paso! ¡Sobre todo con Rivera y Duarte, esos dos tipos son de cuidado, sé de muy buena fuente que ellos se encuentran ahí y que ya tuvieron el primer encuentro con Constanza!

(Román) ¿¡Cómo sabe usted eso comandante!?

(Cmte. Rosendo) ¡No se le olvide que por algo soy el comandante y estoy a cargo de este operativo, tengo mucho tiempo tras los pasos de todo ese cartel y tengo alguna de mi gente infiltrada entre ellos, pero por el momento no te puedo dar más detalles! Por lo pronto utiliza el celular que se te dio, es muy probable que el tuyo ya este interferido.

(Román) ¡Muy bien comandante será como usted lo ordene! Ahora que nos vayamos buscaré la manera de contarle todo a Constanza y así estar preparados.

(Jefe) ¿Dónde estabas, porque tardaste tanto?

(Constanza) ¡No te preocupes Gabriel, si lo que piensas es que voy a intentar de nuevo a escapar ten por seguro que no lo aré y menos con tanta seguridad que tienen ahora, no sería tan tonta para hacerlo!

(Jefe) ¡Me sorprende la actitud que has tomado esta noche, me tienes realmente anonadado con tanta sorpresa tuya, empezando por la forma de manejarse en este mundo! ¡Cualquiera pensaría que estas acostumbrada a esta clase de cenas y rozarte con toda esta gente de mundo!

(Constanza) ¡Las mujeres podemos dar muchas sorpresas, y esta puede ser una de ellas! ¿No es eso lo que me pedías, que me portara lo mejor posible? ¡Y eso es lo que hago, portarme a la altura de las circunstancias! ¡Ahora voy con tus invitados debo tener más atención con ellos, especialmente con aquellos que tanto te interesan!

(Sr. Rivera) ¡Constanza, se desaparece usted un momento y toda la gente pregunta dónde se ha ido tan grande dama!

(Constanza) ¡Sr Rivera sus palabras son muy halagadoras hace usted que me sonroje!

(Sr. Rivera) ¡Solo digo lo que veo y siento! ¿Espero no le cause algún mal entendido con su Prometido por estar conversando con usted?

(Constanza) ¡Claro que no! ¡Me parece que él es el más interesado que yo me contante con usted!

(Sr. Rivera) ¿Cómo?

(Constanza) ¡Me refiero a que si voy hacer parte de su vida, es normal que me entere de lo que hace mi futuro marido y ver hasta qué punto va a necesitar de mi apoyo! Por lo tanto debo poner más atención de aquellas personas que para él son de gran aprecio, como lo es usted Sr. Rivera.

(Sr. Rivera) ¡Ahora yo soy el que se sonrroja Constanza!

(Constanza) ¡Espero no sea la última vez que crucemos palabra, será un honor volver a verle de nuevo en alguna otra ocasión y por supuesto también al Sr. Duarte, ya que como le dije hace un momento, mi prometido les tiene en gran apareció, por lo tanto yo debo ser agradecida por ello!

(Sr. Rivera) ¡Hasta cierto punto hay que tenerle envidia a Gabriel?_ (el jefe)! ¡Mira que tener a tan grande mujer a su lado no tiene precio! De hecho hace un momento lo comentábamos con mi amigo Duarte; que Gabriel puede llegar muy alto, gracias a usted, ya que los dichos se dicen por algo, y eso de que detrás de cada hombre hay una gran mujer, y para muestra solo basta ver su ejemplo. Muy pronto el jefe vera esos cambios, el Sr. Duarte y yo aremos unas diligencias que espero le beneficien a él y por supuesto a usted Constanza.

(Constanza) ¡Sr. Rivera no se hubiera molestado, ahora no sé de qué forma deba yo pagarle tan grande gesto para con mi prometido!

(Sr. Rivera) No se preocupe Constanza, ya habrá tiempo para pagar eso, por ahora debemos divertirnos. ¡Me disculpo un momento debo saludar a alguien, espero no le moleste que la deje sola un momento!

(Constanza) ¡Claro que no Sr. Rivera adelante!

¡Este hombre cree que soy tonta para no darme cuenta que hay detrás de sus palabras aduladoras! Este tipo se me hace de lo peor, tan solo con su sola presencia siento quemar mi piel, pero no crea que con sus halagos y con su poder puedo caer a sus pies.

(El jefe) ¡Te vez un poco agotada Constanza!

(Constanza) ¿¡Gabriel me asustaste!?

(El jefe) ¡Perdón no fue esa mi intención, solo que miré que el Sr. Rivera te dejó sola un momento y quise saber que te había dicho!

(El jefe) ¡El Sr. es como todos los hombres, de todo quieren sacar provecho y ver de qué forma la quieren llevar a uno a la cama, pero conmigo no se va a poder! ¡Por cierto me habla de que puedes llegar muy alto si te lo propones, pero casi como condición que yo este a tu lado!

(Jefe) ¡Eso quiere decir que vamos por muy buen camino!

(Constanza) ¡Vamos! ¡Más bien dirás que tú vas por ese camino, a mí solo me estas utilizando como carnada para que tus propósitos! ¿Gabriel yo solo quiero salir de esto lo más rápido posible, todo esto es muy sucio; mira todos esos hombres, siento sus sucias miradas que me desnudan? ¡Gabriel si dices quererme sácame de inmediato de este lugar, han sido muchas emociones para un solo día!

(El jefe) ¡Está bien, solo por esta vez de voy a complacer, solo deja despedirme de algunos invitados y enseguida nos vamos!

Momentos más tarde.

(Sr. Duarte)¡Me acaba de comentar el jefe que ustedes se retiran!

(Constanza) ¡Así es Sr. Álvaro! Me encuentro un poco cansada y no me siento muy bien. ¡Pero la fiesta está muy divertida!

(Sr. Duarte) ¡Por favor solo dígame solo Duarte, es solo para romper el hielo! ¡¡No lo cree usted así!?

Pero no le quito más su tiempo Constanza, solo quise despedirme de usted. ¡Espero no se haya llevado una mala impresión de todos nosotros!

(Constanza) ¡Claro que no Sr. Duarte, todos ustedes han sido muy amables conmigo, gracias por todas sus atenciones!

(Sr. Duarte) Aquí le dejo mi tarjeta. ¡Sí en algún día usted necesita a un amigo, o desea algo no dude usted en llamarme, yo con gusto atenderé a su llamado! ¡Ah, y tenga mucho cuidado, a nuestro amigo Gabriel creo se le han pasado las copas!

(Constanza) ¡Muchas gracias, es usted muy gentil, yo se lo agradezco mucho! ¡Bueno yo me retiro, ha sido un placer conocerlo; tomaré muy en serio la ayuda que me ha brindado!

(Román) ¿Constanza que ha pasado contigo, ya me tenías algo preocupado? ¡Pensé en entrar y ver que estaba pasando!

(Constanza) ¡Por favor Román que mal me puede pasar a mí, si estoy rodeada de puros guaruras, nada más fíjate a toda esta gente que se encuentra aquí afuera, nadie puede entrar tan fácilmente a la fiesta, y menos tu siendo el gato de Gabriel!

(Román) ¡Vaya, que rápido te ha cambiado todo, veo que has recordado aquellos tiempos en los que vivías como una reina!

¡Supongo encontraste alguno que te puede complacer en todos tus caprichos de niña mimada!

Constanza le deja caer una grande bofetada.

¡No seas sínico conmigo Román! ¡El hecho que te haya abierto mi corazón al confesarte como era mi vida pasada, no te da ningún derecho para que me trates de esa forma! ¡Estando rodeada entre toda esa gente recordé que de entre ellos puede estar la persona que mando matar a mis padres, por eso mi interés en estar ahí a dentro! ¿Y ahora tú me tratas como si yo fuera una de tantas que se deslumbran por los lujos, que venden hasta su dignidad con tal de conseguir sus objetivos?

(Román) ¡Tranquilizate Constanza, no lo dije para que te pusieras de esa forma! ¡Y tampoco soy el gato de nadie, solo me preocupe por ti, por saber cómo estabas! ¿Pero si eso te molesta no volveré a preguntar lo que te pase?

(Constanza) ¡Román discúlpame, no debí golpearte, solo que Salí muy estresada de ese lugar y no tuve más con quien desquitar toda la rabia que trigo dentro y luego Gabriel está un poco tomado!

(Román) ¡Claro y no encontraste otro tonto más que a mí! ¡Mira, será mejor que dejemos esta discusión que no nos conduce a nada bueno!

(Constanza) ¡Si, está bien!

(Román) ¿Dónde has dejado al jefe?

(Constanza) Lo deje despidiéndose de sus amigos, yo me adelante solo un poco, ya estaba cansada y no me siento muy bien.

(Román) ¡Entiendo, ya han sido muchas emociones por hoy!

¡Pero antes que venga el jefe necesito decirte algo muy importante y prevenirte!

En ese instante llega el jefe y logra escuchar a Román.

(El jefe) ¿Qué es eso tan importante que le quieres decir a Constanza y de que la revenir?

(Román) ¡De usted jefe! ¡Es decir que no se debe salirse así nada más de la fiesta, no sin antes avisarle, lo que paso fue que llego sola y quise prevenirla de la llamada de atención que le podría dar!

(Constanza) ¿Por qué te demoraste tanto, te dije que no me sentía muy bien?

(Jefe) Lo siento Constanza no pensé en hacerlo pero hubo algunos asuntos que atender de último momento y no quise dejar pasar esa oportunidad. Román llévanos a mi rancho, quiero que Constanza descanse y llegando le das algún medicamento para que se tranquilice.

(Román) ¡Ahora que pasara por la mente del jefe, quiere que lo lleve a su casa! ¿Qué ira a pasar con Constanza, no quiero que le ponga sus sucias manos encima, porque si lo intenta hacer soy capaz de cualquier cosa, aunque en ello me cueste la vida?

En casa del jefe.

(El jefe) ¡Bueno Constanza por fin llegamos a nuestro hogar! ¡Espero y te guste el rancho, está un poco mal atendida la casa, pero tú te vas a encargar de darle el toque femenino y que huela a hogar que es lo que yo más quiero, puedes quitar o poner lo que tú quieras! ¡Román tráele la pastilla a Constanza y llévala a la recamara principal!

(Román) ¡Pero Jefe pensé que ella se quedaría en la recámara de!...

(El jefe) ¡No me digas lo que debo hacer en mi propia casa, limítate a obedecer mis órdenes! ¡Quedó claro!

(Román) ¡Está bien jefe lo que usted ordene! ¡Permítame lo ayudo a subir, creo empinó un poco el codo de más!

(Constanza) ¡¿Quién te has creído que eres para tratar así a las personas!?

(El jefe) ¡Quiero que te quede bien claro Constanza, en mi casa mando yo! Nadie me viene a decir en mi cara lo que debo de hacer. ¿Yo puedo ir solo a mi recámara no necesito que nadie me ayude?

(Constanza) ¡Entonces para qué me dices que esta casa es mía y que puede hacer lo que yo quiera, si al final de cuentas tú decidirás que es lo que se debe hacer! ¡Por otra parte no quedamos en que íbamos a dormir en la misma habitación! ¿Yo voy a dormir en otra recámara?

(El jefe) ¡Ni intentes buscar una, todas están cerradas con llave!

(Constanza) ¡En ese caso dormiré en la sala, pero lejos de ti!

(El jefe) ¡Más te vale que no cruces esa puerta, si lo haces te juro que te puede ir muy mal!

En ese momento Román toca a la puerta.

(Román) ¡Perdón jefe, me tarde un poco porque no encontraba los medicamentos, pero me permití traerles un poco de té, dicen es muy bueno tomar uno antes de irse a dormir!

(El jefe) Está bien, déjalos sobre esa mesa y retírate y dile a manotas que nadie nos moleste. Puedes retirarte, ya mañana te indicaré lo que hay que hacer. Permítanme un momento tengo que atender una llamada.

(Constanza) ¡Román, Gabriel quiere que durmamos juntos y para prevenir que yo me vaya a dormir a otra recámara las mandado cerrar todas, y me amenazó con hacerme algo si intento salirme de aquí! ¿Qué voy hacer tengo mucho miedo?

(Román) ¡No te preocupes! ¿Traes el frasco que te di antes de salir de la casa de la monte?

(Constanza) ¡Sí, lo traigo en mi bolso de mano!

(Román) ¡Pónselo al té, pero date prisa antes de que él llegue, yo debo irme! Quédate tranquila que nada te va a ocurrir, solo has lo que te dije y deja el medicamento haga lo suyo.

Román sale de la recamara.

(Román) Jefe, me tengo que retirar, ya se tomó el medicamento Constanza, ya la dejé un poco más tranquila.

(El jefe) ¡Está bien vete a descansar y dale al manotas mi recado! ¡Ha, y otra cosa, te agradecería que de hoy en adelante le llames la Sra. Constanza, porque eso será desde hoy! ¡Quedo claro!

(Román) Si jefe, quedó completamente claro.

(Román) ¡Este se cree que por el hecho de tener dinero puede pisotear a quien se le ponga en frente, pero muy pronto se le van a quitar esos aires de grandeza que dice tener!

(Jefe) ¡Me acaba de decir Román que ya te encuentras mucho más tranquila, espero hayas pensado muy bien las cosas y reconsideres que lo mejor para ti es ser mi esposa!

(Constanza) ¿Gabriel tú me prometiste que me respetarías, que solo aparentaríamos ser un matrimonio de verdad? ¡Pero de ser un matrimonio existe un grande abismo en el cual no podrá ser jamás!

(Jefe) ¡Ahórrate tus discursos para conmigo, eso a mí no me sirven de nada, yo lo que quiero es que seas mi mujer, así sea por las buenas, o sea por las malas!

(Constanza) ¡Mira, vamos a tranquilizarnos un poco y hablarlo de la mejor manera; tómate el té que nos trajo Román y así seguimos conversando!

(Jefe) ¡Está bien! ¡Lo aré solo porque veo que estar muy serena y no me gustaría tener que utilizar la fuerza contigo!

Yo quiero que las cosas se den por si solas y no sin presionarte; Constanza aunque tú lo dudes yo te amo, eres la mujer con la cual quiero compartir mi vida, daría todo porque tu sintieras un poco de amor como el que le tuviste a Román. ¡Bueno, al menos eso creo! ¡Quizás aún lo amas, con eso que dicen que donde hubo fuego cenizas quedan!

(Constanza) ¡Lo de Román y yo solo es pasado, además ahora con la actitud que ha tomado dudo que alguna vez me haya amado como él me decía! ¡Pero no es de él de quien estamos hablando ahora, sino de nosotros! ¡Vamos, sigue tomando tu té!

Constanza se le acerca a Gabriel como para abrazarlo, pero nota que el efecto del té ya está haciendo resultados, así que se aprovecha de eso para decirle que le va a intentar complacerlo en lo que él le pide. Le ayuda a recostarse sobre la cama de manera que el vea que va a lograr su cometido pero él se queda profundamente dormido, así que ella ve la manera de hacerle creer que toda ha pasado entre ellos. Constanza va en busca de Román para que le ayude a recostarlo.

(Román) ¿Cómo te sientes Constanza?

(Constanza) ¡Estoy bien, estoy tranquila!

(Román) ¡Ahora lo vamos acomodar bien sobre la cama, pero habrá que desnudarlo para que todo se vea completamente real!

(Constanza) ¡Pero como comprenderás eso no lo voy hacer yo! ¡Así que yo me saldré un momento mientras tú lo haces y enseguida regreso!

(Román) ¡Está bien yo lo hago, solo que no te retires mucho, miré al manotas merodeando muy cercas de aquí!

(Manotas) ¿¡Sra. Constanza que hace a estas horas fuera de la habitación!? ¿El jefe podría molestarse si la ve lejos de la habitación?

(Constanza) ¡No se te olvide que de ahora en adelante yo también mando en esta casa y puedo andar por donde yo quiera!

(Manotas) Pero de todos modos será mejor que se retire a su habitación, el jefe me ordenó estar muy cercas. ¡Así que le acompaño hasta su cuarto y de ahí no me moveré hasta que el jefe me lo ordene!

(Constanza) ¡Román, el manotas está aquí afuera, y dice que no se moverá hasta que Gabriel se lo ordene!

(Román) ¡Eso complica mucho las cosas!

(Constanza) ¿Qué vamos hacer ahora?

(Román) ¡Pues tendré que quedarme aquí, hasta que el manotas se retire y deje la puerta libre!

(Constanza) ¿Pero qué pasa si Gabriel se despierta?

(Román) ¡No te preocupes, no creo que el manotas dure hasta tarde en algún momento le dará sueño y yo aprovecharé para salirme! ¡Por ahora debes descansar, duérmete en la cama, y no te preocupes, él ahora está completamente dormido no puede ni mover una sola mano a sí que no te podrá hacer daño, yo me quedaré en este sofá!

(Constanza) ¡Muchas gracias por todo esto que estás haciendo ahora por mí, no tengo con que pagarte todo esto, pero ten por seguro que de alguna u manera sabré recompensarte!

(Román) ¡No tienes nada que agradecer; soy yo quien te debe de dar las gracias por permitirme estar cercas de ti, sé que no he sido del todo honesto contigo, pero muy pronto te contare todo y quizás entonces podamos continuar lo que un día empezamos!

(Constanza) ¿¡Tú aún crees que podamos rescatar algo de lo que un día nos unió!? ¡Han sido tantas mentiras de tú parte que estoy muy confundida aún! ¡Román, que me querías decir antes de regresar a casa! ¿Qué es eso tan importante que me ibas a decir y de quién me debo prevenirme?

(Román) ¡Me gustaría mucho contarte ahora, pero creo no es el momento ni el lugar adecuado, será mejor descansar, ya te contaré con más calma!

A la mañana siguiente.

(Román) ¡Constanza, Constanza despierta, debo irme, el manotas se ha ido, debo aprovechar este momento para salir, nos vemos más al rato! ¿Cuándo despierte Gabriel hazle saber que todo ha pasado entre ustedes, espero y lo sepas convencer?

(Constanza) ¡Trataré de hacerlo lo más convincentc que se pueda! Vete tranquilo, y no se te olvide que tenemos una plática pendiente.

(Román) ¡Claro que no se me olvida, buscaré el momento adecuado para contarte todo! ¡Ahora voy a ver cómo están las cosas por haya fuera, no quiero que el manotas o el zorro sospechen algo de lo que ha pasado en esta habitación!

(Constanza) ¡Está bien, cuidate mucho!

(Román) ¡Lo aré, te lo prometo!

(Manotas) ¡Hola Román buenos días, donde te metiste anoche que ya no te miramos!

(Román) ¡Estuve por ahí dando la vuelta, no podía dormir y salí a caminar!

(Manotas) ¿No sería más bien que no dejabas de pensar en la esposa del patrón? ¡Ya pasaron su primera noche juntos, anoche me quede muy cercas de la recámara del patrón para que nadie los molestara, y por lo visto la paso muy bien, ya que mira la hora que es y aun no se han levantado!

(Zorro) ¡Vaya, ahora entiendo porque saliste a caminar, me imagino que andabas como fiera enjaulada en tu habitación; nomás pensando en lo que estaría pasando en lo que estaría pasando entre ellos! ¡Pero no te preocupes Román ya verás que pronto la olvidaras y será como un recuerdo!

(Román) ¡No, no era tanto por eso, sino que estaba pensando en mi mercancía, imaginado si estará bien; ya de Constanza ni quien se acuerde, ahora es la que manda, es la esposa del jefe y solo debemos respetarla! ¡Les dejo, yo debo ir a revisar la camioneta, anoche que venía de camino le escuche un ruido y necesito checar si la puedo arreglar!

(Jefe) ¿Qué paso? ¡Uff que terrible dolor de cabeza tengo, debo haber bebido mucho anoche que no recuerdo ni como caí a la cama! ¿¡Constanza que haces en mi cama!?

(Constanza) ¡Que no es obvio, pues pasamos la noche juntos!

(Jefe) ¡No recuerdo nada!

(Constanza) ¿Cómo lo vas a recordar si estabas bien tomado?

(Jefe) ¿Y tú porque estas desnuda?

(Constanza) ¡No seas cínico Gabriel, me hiciste tuya a la fuerza que no lo recuerdas! ¡No, como lo vas a recordar si estabas completamente ebrio y fuera de tus cinco sentidos, por eso me tomaste a la fuerza!

(Jefe) ¡Discúlpame Constanza, no lo recuerdo, y este dolor de cabeza que siento que me va a estallar!

(Constanza) ¡Ojala lo hiciera, así me libraría yo de ti Gabriel; eres un ser despreciable, lo peor que he conocido, todo lo quieres tener a la fuerza, y lo que hiciste conmigo no tiene nombre!

(Jefe) ¡Por favor no me grites tan fuerte que ciento me estallará mí cabeza! ¡Háblale a manotas que me traiga unas aspirinas o algún otro analgésico para controlarme un poco!

(Constanza) ¡Mira, mejor llámale tú mismo, yo me voy a dar un baño, no soporto tu presencia en estos momentos!

(Jefe) ¡Manotas, Manotas! ¡Ven de inmediato a mi recámara! ¡Dios santo porque se me pasaron tanto las copas anoche y ahora no recuerdo ni como llegue a mí cuarto!

(Manotas) ¿Jefe que le pasa por que grita de esa forma?

(Jefe) ¿Porque tardaste tanto en llegar?

(Manotas) ¡Jefe solo fueron unos minutos los que me demoré en llegar! ¿Qué le pasa?

(Jefe) ¡No hagas preguntas y tráeme algo para este dolor de cabeza que siento que me mata!

(Manotas) ¡Aquí se lo traigo ya, sabía que lo iba a necesitar muy temprano, así que en cuanto me retiré de mí puesto que me puso anoche me fui a prepararle algo para que tomara!

(Jefe) ¿De qué puesto me estás hablando que no recuerdo absolutamente nada?

(Manotas) ¡Pues el de quedarme afuera de su recámara para que nadie los molestara! ¡Como anoche usted y la Sra. Constanza pasaron la noche juntos!

(Jefe) ¿Entonces fue verdad?

(Manotas) ¡¡A qué se refiere con eso de que es verdad!?

(Jefe) ¡Pues a eso de que pase la noche con Constanza, realmente no recuerdo nada, y ella me reclamó el haberla tomado a la fuerza!

(Manotas) ¿Jefe cómo fue capaz de hacer eso? ¡Por un momento creí que ella había aceptado estar con usted por la buena!

(Jefe) ¡Ya sabes que cuando me gusta algo, lo hago mío ya sea por las buenas o por las malas! ¡Aunque anoche estaba fuera de mi mismo por eso te ordené cerrar todas puertas de las habitaciones para que no tuviera otra alternativa más que dormir en mí recámara! ¡¡Pero ya eso ahora no importa, ya es mía y nadie me la quitará y menos el infeliz de Román, que por cierto donde, se encuentra él ahora!?

(Manotas) ¡Él nos comentó que había estado en su cuarto, pero que después se fue a caminar un poco, yo supongo anda como gato enjaulado por pensar que está usted con la Sra. Constanza! ¿¡Aunque le preguntamos el zorro y yo y nos dijo que ya no sentía nada por ella, que él estaba más preocupado por su mercancía, pero creo que más bien eran las dos cosas!?

(Jefe) ¡Más bien era el hecho de que yo estuviera con ella, pero estoy casi completamente seguro que no la ha olvidado y por supuesto ella tampoco! ¡Pero ya es hora de ponerle un alto a todo esto, ya después que se me pase la cruda pienso que hacer con él; ahora menos que nunca lo quiero cercas de mi mujer, ella ahora me pertenece!

(Manotas) ¡Perdón que lo contradiga jefe, pero no será mejor tenerlo más de cerca, eso es lo que usted nos ha dicho! ¿¡Que es mejor mantener al enemigo cercas, para saber qué hace y que piensa!?

(Jefe) ¡Tienes toda la razón, con esta cruda todo me da vueltas y aún las ideas se me van! ¡Pero recuerda que si al árbol se le pudre una rama, lo mejor es cortarla de un solo tajo para que no contamine a las demás y esto está pasando con él, no quiero que contamine mis planes, así que hay que planear como quitarlo del camino, ya después nos pondremos de acuerdo para esto!

Constanza escucha desde el baño lo que planean hace con Román.

(Constanza) ¡Dios santo debo prevenir a Román lo que tratan de hacerle; no se van a salir con la suya, si ellos juegan sucio, nosotros también podemos hacerlo de la misma manera, no voy a permitir que hagan más daño! ¿Será que debo pedir ayuda? ¡Anoche el Sr. Duarte me ofreció su apoyo! ¿Pero qué hacer si es uno de ellos? ¡Aun que sentí que él me ofreció su ayuda incondicionalmente, sentí sinceridad en sus palabras!

(Manotas) ¡Será como usted lo ordene jefe; él ahora se fue a revisar la camioneta que dice le escuchó un ruido cuando venían y fue a mirar que es lo que tiene!

(Jefe) ¡Está bien, ahí te lo encargo, manténgalo bien vigilado y avísenme cualquier novedad que pase con él y cuando lo veas dile que necesito hablar con él, quiero hacerle unos encargos! Yo ahora tengo muchas cosas que hacer y pensar. Anoche hice buenos tratos con algunos capos. ¡Al parecer es mucha la mercancía la que hay que transportar y cómo siempre, ustedes son mi mano derecha y saben lo que hay que hacer, así que dile al zorro que se prepare y tengan todo listo, pero esta vez el cargamento se incrementará a lo doble de lo que usualmente transportamos, por lo tanto hay se ser muy precavidos, no quiero que algo salga mal!

(Manotas) ¡Qué bien jefe, eso quiere decir que ya se comienza a rozar con los grandes capos!

(Jefe) ¡Así es manotas, pero esto no solo fue obra mía sino de mi mujer!

(Manotas) ¿Por qué de ella?

(Jefe) ¡Anoche causo grande impresión entre los invitados a tal grado de que alguno de ellos se mostró muy amable con ella, el cual yo aproveche para sacar provecho de ello! ¡Pero ya vete, luego les cuanto, ahora ella se está bañando y no quiero que salga y te vea aquí!

(Román) ¡Comandante buenos días! Anoche ya no pude comunicarme con usted, ya era muy tarde y no quise molestarle.

(Cmte. Rosendo) ¡Román buenos días! ¡Qué ha pasado contigo y Constanza! ¡Ya le contaste todo!

(Román) No he encontrado en momento adecuado Cmte. ¡Anoche que nos veníamos estaba yo apunto de contarle todo a Constanza pero en eso llego el jefe y por poco nos escucha, pero no pasó nada ya venía un poco pasado de copas!

(Cmte. Rosendo) ¡Sí, se me informó que iba en mal estado, de hecho el agente en cubierta se encargó de hacerle beber un poco de más; pensando sobre todo en Constanza, ya que borracho se dificulta menos controlarlo!

(Román) ¡Púes no tanto Cmte! ¡Se puso un tanto violento, sobre todo estando a solas en la recámara con ella!

(Cmte. Rosendo) ¿¡No me digas que le hizo algo a Constanza!? ¿Cómo se encuentra ella?

(Rosendo) ¡Tranquilo comandante ella está bien, anoche le di algo para tranquilizarlo y lo hicimos dormir y de paso le hicimos creer que entre él y Constanza había pasado algo!

(Cmte. Rosendo) ¿Dónde se encuentra ella ahora?

(Román) ¡Ella aún se encuentra con él en la recámara; anoche me tuve que quedar yo también con ella!

(Cmte. Rosendo) ¿Cómo? ¿Por qué?

(Rosendo) ¡Lo que paso fue que cuando le estaba ayudando a Constanza a acomodar a Gabriel en la cama llego el zorro y se puso en la puerta para vigilar que nadie los molestara, así que no tuve otra opción que quedarme ahí dentro y hoy muy temprano aproveche que él se retiró de su puesto para yo salir, pero ahora todo va bien!

(Cmte. Rosendo) ¡Qué bien Román me alegro que no le haya pasado nada a Constanza, cuídala mucho y en cuanto tengas la oportunidad cuéntale todo para que tome sus debidas precauciones!

(Román) ¡No se preocupe mucho, ella se sabe defender perfectamente!

(Cmte. Rosendo) ¿Por qué lo dices?

(Román) ¡Porque anoche descubrí una Constanza totalmente diferente a la que yo conocía! ¡Totalmente segura de sí misma, con un temperamento hasta cierto punto altivo que me dejo sorprendido, hasta el grado de abofetearme!

(Cmte. Rosendo) ¿Pues qué le dijiste para que reaccionara de esa manera?

(Román) ¡Pues cosas de nosotros, del pasado!

(Cmte. Rosendo) ¡Te recomiendo tengas mucho cuidado con lo que dices Román, no quiero que salga muy lastimada de todo esto, ella ha sufrido mucho en su vida!

(Román) ¿Usted como sabe eso, hasta donde yo sé usted no la conoce, solo lo que yo le he comentado?

(Cmte. Rosendo) ¡Recuerda que por algo estoy en este puesto y tengo quien me informe de todo, pero por ahora te encargo que le cuentes todo y se cuiden mucho, no quiero que les suceda nada malo!

(Román) ¡Qué raro, no pensé que le interesara mucho lo que le pase a Constanza, sino no la conoce! ¡Pero debe ser como él dice, que por algo está en ese puesto!

(Constanza) ¿Con quién hablabas?

(Jefe) Con manotas; le mande llamar para que me trajera unos analgésicos para esta cruza que tengo. ¿Y tú porque estas tan tranquila como si nada hubiera ocurrido nada anoche? ¡No se supone que si a una mujer la han tomado a la fuerza por lo menos debe estar llorando a brazo partido!

(Constanza) ¡Anoche te dije que las mujeres podemos sorprender a cualquiera y yo soy una de ellas; en el fondo ya sabía que tarde o temprano ocurriría así que ya estaba preparada para ese momento y más anoche que traías tus copas encima! ¡Así es que no te sorprenda de las reacciones que tenga de ahora en adelante; la Constanza que hasta hace días conociste quedo en el pasado, ahora soy otra totalmente diferente!

(Jefe) ¡Sí que me dejas sorprendido, entonces sí antes te admiraba ahora con mucho más razón lo hago!

(Constanza) ¡Ahora necesito ir de compras!

(Jefe) ¿Qué necesitas, uno de los empleados te lo puede traer?

(Constanza) ¡Gabriel, me dijiste desde el principio que querías que yo fuera tu esposa! ¡Pues aquí la tienes ya! ¡Yo no voy a ser tu prisionera Gabriel, ahora voy a tomar el papel que me corresponde en esta casa y actuar de tal manera, así que quiero que Román me lleve de compras!

(Jefe) ¡No, a Román menos que a nadie, a él lo necesito en estos momentos!

(Constanza) ¡¡A que le tienes miedo Gabriel, acaso no te sientes lo suficientemente hombre como para saber retener a una mujer como yo a tu lado!?

(Jefe) ¡No digas esas tonterías Constanza, acaso no vez a tu alrededor, todo es mío, todo está a mis pies, bajo mis órdenes!

(Constanza) ¡Eso no fue lo que te pregunte Gabriel, esa no es una respuesta contundente, a mí se me hace que tienes miedo de Román!

(Jefe) ¡Ja, Ja, Ja! ¡No me hagas reír Constanza! ¡De él menos que nadie tengo miedo; él es un simple empleado que no tiene nada que ofrecerte!

(Constanza) ¡Te equivocas Gabriel, él tiene muchas cosas que muchas mujeres quisiéramos tener, pero por lo visto te sientes inseguro frente a él no es así!

(Jefe) ¡No me salgas con tonterías, él tiene lo que puede tener, y yo tengo lo que quiero tener! ¡Así que en eso le llevo en total ventaja! ¡Pero para demostrarte que no tengo miedo de nada ni de nadie le diré que te lleve a donde tú quieras, pero llévense alguno de los otros autos que hay en la casa, al parecer la camioneta venía fallando un poco! ¡Solo recuerda que tengo ojos por todos lados, así que no trates de pasarte de lista conmigo porque no serías tú quien pague tu traición sino el propio Román!

(Constanza) ¡No tengas cuidado Gabriel, no soy tan tonta como para poner en riesgo la vida de alguien por mis acciones! ¡Así que me voy, pero primero necesito dinero!

(Jefe) ¿Cuánto es lo que necesitas?

(Constanza) ¡Depende que tan buena impresión quieres que cause ante los demás! ¡Por mi puedes vestirme con unos harapos, pero quizás a tus amigos como los de anoche no les agrade al verte vestida de tal manera; y tal vez puede ser que más de alguno de ellos puedan abrirme su billetera!

(Jefe) ¡Espero que con esta cantidad tengas más que suficiente!

(Constanza) ¡Muchas gracias, nos vemos más tarde!

(Jefe) ¡Veo que tengo que ser más astuto que ella, no dejare que se me suba ni a los hombros, pues de ahí todavía la puedo bajar como decía mi padre, ya de más arriba me será mucho más difícil hacerlo; aún estoy muy a tiempo de domarla, no pienso dejarme doblegar y menos por una mujer, no dejare me ponga en ridículo frente de nadie!

(Constanza) ¡Buenos días Román!

(Román) ¡Constanza, buenos días! ¡Perdón, Sra. Constanza! ¿Cómo está usted?

(Constanza) ¡Muy bien Román! ¡Pero porque me tratas ahora de usted!

(Román) ¡Lo que pasa fue que Gabriel nos ha dicho que de ahora en adelante la tratemos como la dueña de la casa!

(Constanza) ¡Ya me he dado cuenta de ello, algunos de los empleados así me han llamado ahora de camino y de hecho están ya abiertas las habitaciones de la casa! Pero ahora quiero que me lleves de compras.

(Román) ¿Acaso el jefe de dio permiso para salir sola y además conmigo? ¿No creo se quede tan tranquilo sabiendo que nos vamos los dos solos?

(Constanza) ¡Eso mismo pienso yo, pero me dijo que sus ojos están por todos lados, así que no estaremos vigilados a todas horas, ahora toma uno de los otros autos y vámonos de compras y así de paso quiero que reanudemos la plática que dejamos pendiente anoche!

(Román) ¡Que esperamos, vámonos de inmediato de este lugar, aunque la casa este muy bella la siento como una prisión!

(Constanza) ¡Está bien vámonos! Vamos primero a al banco y de ahí a desayunar un poco, porque nos espera un día bastante largo, ya sabes que cuando una mujer se va de comprar no hay quien la pare.

(Jefe) ¡Zorro! ¡Ve tras de ellos y vigílalos lo mejor cercas posible, quiero saber todo lo que hacen y dicen! ¡A Gabriel Alarcón jamás lo van a agarrar desprevenido, recuerden que cuando ellos dan un paso yo he dado dos!

(Constanza) ¡Qué bueno que ya salimos de la casa, sentía no poder soportar más la presencia de Gabriel! ¡Y por favor ahora que estamos solos no me vayas a llamar Sra. Eso no lo soportaría viniendo de tu parte, estamos de acuerdo!

(Román) ¡Sus deseos son órdenes! ¡Ja, Ja, Ja!

Te aseguro que hoy será un día inolvidable para los dos, te aré olvidar un poco toda esta pesadilla que hasta hoy has vivido, pero antes de eso quiero librarme de alguien.

(Constanza) ¡Me imagino que Gabriel mandó a alguien para vigilarnos!

(Román) ¡Si, mandó al zorro para vigilarnos, desde que salimos de la casa me percaté que alguien nos seguía, pero ahora mismo lo voy a perder ya veras, conozco muy bien la ciudad así que pronto ya no nos vera!

(Constanza) ¡Sabía que nos iba a mandar quien nos vigilara!

(Román) ¡No te preocupes ya lo perdimos, pero por ahora será mejor dejar el auto en un lugar donde lo no encuentre y nosotros nos vamos caminando, será más divertido! ¡Vamos a dejar el auto en ese hotel, nos registraremos como agentes de ventas y así no levantaremos sospechas, solo serán unas horas nada más, te parece!

(Constanza) ¡Me parece perfecto!

(Román) Te voy a llevar a un lugar para que desayunes, se come muy sabroso, veras que te vas a chupar los dedos cuando pruebes la comida de ese lugar.

(Constanza) ¡Gracias Román!

(Román) ¡No tienes por qué dar las gracias, todo esto lo hago con mucho cariño, porque sé que te lo mereces! ¡Vamos hay que caminar y comer un poco, ya casi llegamos, es un lugar muy pequeño pero se come muy sano, todo está muy limpio!

(Constanza) ¡Román! ¡Perdón que te cambie de manera tan abrupta la conversación pero me gustaría terminar la charla de anoche! ¿Qué es eso que me quieres decir? ¡Me temo que es algo grave, anoche lo presentí en tu semblante al querer decírmelo, pero llego Gabriel y ya no pudiste hablar, pero ahora que no hay nadie espero y me lo digas!

(Román) ¡Sí, es verdad! Siento que si no te lo digo no me sentiré bien conmigo mismo.

(Constanza) ¡Noto en ti una grande desesperación, pero no me digas que se refiere a esa dichosa mercancía por que no te creeré esta vez! ¡Tú siempre has sido un hombre trabajador y honrado; quizás con ganas de tener muchas cosas es verdad, pero todo a base de esfuerzo y sacrificio, pero jamás recurrir a los trabajos sucios para de ahí obtener lo que anhelas! Otra cosa que no me logro explicar es cómo es que estas al servicio de Gabriel sabiendo la clase de persona que es y a lo que se dedica; y sobre todo que te prestaras a ese sucio juego de aparentar su supuesta muerte.

(Román) Te contaré todo lo que me ha pasado desde el momento en que me desaparecí de tu vida sin dejar huella y cuál fue la verdadera razón por la cual me encuentro en estos momentos al servicio de Gabriel. Para empezar si estoy por ese intercambio de mercancía que tanto has escuchado hablar.

(Constanza) ¿Quieres decir que es verdad eso? ¿Estás metido en negocios sucios?

(Román) ¡No Constanza, no me estas entendiendo! Déjame terminar de hablar por favor y ya después me haces las preguntas que quieras. Desde el momento en que yo te conocí sabía que tú serías la mujer que quería para ser mi compañera el resto de mi vida, me lo decía el corazón a cada momento, no dejaba de hacer planes pensando en que un día no muy lejano dejarías de ser mi novia para convertirte en mi esposa. Tiempo antes de conocerte a ti conocí a Gabriel. ¡Un día un buen amigo que invito a su fiesta de cumpleaños y yo accedí a ir con la intensión de divertirme un poco y de paso pues quién sabe si ahí conocería a la mujer de mis sueños! ¡Pero para mí de malas al que conocí fue a Gabriel; mi amigo nos presentó y entre copa le conté mis planes de querer salir adelante! ¡Él desinteresadamente se ofreció ayudarme en uno de sus ranchos como capataz! ¡Poco tiempo después le presente a mi familia y le comenté que si podían quedarse conmigo ya que la casa era muy grande, a lo cual el no tuvo ninguna objeción ya que me dijo que me haría bien tener una ayuda de más pues él se ausentaría un tiempo de la hacienda por motivos de negocios! ¡Un día un hombre toco a la puerta pidiendo trabajo, mi padre lo llevo ante mí y se presentó con el nombre de Patricio Villanueva; por su forma de vestir le dije que por ahora mi patrón no se encontraba, que él es quien se encargaba de contratar al personal administrativo, ya que al escucharlo hablar me percaté que era una persona de mundo, culta, de buenos modales, muy recta, pero para mi sorpresa no buscaba esa clase de empleo sino como ayudante en las labores del campo, que no me fijara yo en la apariencia física me comento, me dijo tener noción de todo lo referente a la agricultura, así que sin dudarlo lo contraté a modo de prueba! Él era muy puntual en sus entradas al trabajo y el último en salir, yo nunca me percaté en que llegaba, hasta que un día tuve que salir por asuntos de la hacienda a la ciudad y mire al Sr. Villanueva rumbo a su casa pero increíble, el sr. iba caminando y la hacienda se encuentra a casi dos horas de camino, así que no dude en llevarlo hasta su casa; ¡Él muy amablemente me ofreció entrar a su casa y tomarme un café y presentarme a su familia, pero sólo estaba su esposa Yolanda, una mujer muy sincera y de grande simpatía en el trato, cómo tu no estabas me mostro algunas fotografías tuyas; lo cual yo me quedé impresionado con tu belleza! Algo se metió dentro de mi queriendo conocerte en persona, así que ponía alguna excusa para salir a esa hora y llevar a tu padre a su casa, pero para mí desgracia nunca te encontrabas, un día yendo de camino tu padre me dijo algo que no pude entender en ese momento hasta el día en que tú me contaste la historia.

¡Tú padre me dijo que si te llegaba a conocer que no le contara que yo estaba trabajando en la hacienda y menos las labores que realizaba, que no me podía dar muchas explicaciones en esos momentos, solo que le tuviera un poco de paciencia, que él un día me contaría toda la historia! Yo no quise que él se sintiera mal así que decidí respetar su decisión. Y en una de mis visitas fue que te conocí y nos hicimos novios, solo me importaba hacerte feliz.

¡Ya para entonces Gabriel ya había llegado! En una ocasión te invite a salir a tomar un helado al centro de la ciudad y por la emoción no me percaté de que Gabriel nos estaba mirando, pero creo no era la primera vez que pasaba después me di cuenta por él mismo que me lo comento.

¡Un día llamé a tú padre para que viniera a la hacienda ya que Gabriel había organizado una fiesta y necesitaba su ayuda, por lo cual tu padre vino lo más pronto posible! ¡Le dije lo que se tenía que hacer y él se fue a atender a los invitados, pero al poco rato lo mire salir de la fiesta muy alterado diciendo que si porque no le había dicho que clase de gente había que atender! A lo que le comenté que Gabriel solo me dijo era gente muy importante, él estaba muy alterado y me dijo que no los podía atender, que el mejor se marchaba de ese lugar y dejaba el trabajo. ¡Le dije que si alguien de entre los invitados le había faltado al respeto, él solo me dijo que entre los invitados estaba Genaro Rivera, un hombre que le había causado mucho daño a su familia!

(Constanza) ¿¡Genaro Rivera has dicho!?

(Román) ¡Sí, ese nombre me dijo! ¡

(Constanza) ¡Ese hombre lo conocí ayer en la fiesta que me llevo Gabriel! ¿Pero sígueme contando que más paso después?

(Román) ¡Tuve que pedir que lo llevaran a su casa, está muy mal de los nervios, no se podía controlar! ¡Me dijo que no volvería más por la hacienda y que por ningún motivo les dijera nada de lo ocurrido a ti y a tu madre, que no le preguntara nada por ahora solo que lo dejara que se marchara!

(Constanza) ¡Después de que mi padre se fue averiguaste que fue lo que había sucedido! ¡Vamos, si mi padre hablo con Rivera o si solo lo miro!

(Román) ¡La verdad no me enteré de nada, yo mismo entre a donde estaban todos los invitados y ninguno parecía haber escuchado o visto algo, le pregunte a Gabriel si todo estaba bien y me dijo que si!

(Constanza) ¡Quizás él y mi padre se toparon por algún rincón de la hacienda, por eso nadie se dio cuenta de nada!

(Román) ¡Puede ser! Yo dejé pasar unos días para que él se tranquilizara y me contara que fue lo que sucedió esa tarde realmente, pero para mí desgracia fue la última vez lo yo lo miré. Por otra parte a mí se me avecinaba una terrible tormenta en la cual hasta el día de hoy no veo la calma.

(Constanza) ¿Qué fue lo que te sucedió?

(Román) ¡Como te conté, Gabriel nos había estado siguiendo por algún tiempo y me preguntaba cosas sobre ti!

(Constanza) ¡Qué tipo de cosas!

(Román) ¡Pues como eras, tus gustos, tú forma de ser, tu forma de pensar! ¡Al principio me agrado que me preguntara cosas sobre ti, pero poco a poco notaba que se interesaba mucho en preguntarme, era mis insistente en saberlo, yo por atención a que era mi patrón le decía pero no me agradaba mucho compartir mis cosas con él! Una noche llego muy tomado y casi tumbando la puerta de mi recámara queriendo saber si te había visto ese día; le dije que era suficiente con preguntarme cosas sobre ti, le dije que si cuál era su afán por saber de ti. Dijo que le gustabas, que te quería para él que lo serías por las buenas o por las malas. Nos fuimos a los puños y logre pegarle muy fuerte que se desmallo, lo lleve a su recámara pensando en que eso que me dijo solo fue parte de su borrachera. Pasaron dos días y el me mando llevar unos papeles al banco, los tomé sin decir ni media palabra; me demoré mucho en llagar de nuevo a casa pero cuando lo hice desearía no haber llegado.

(Constanza)¿¡Porque, que fue lo que paso!?

(Román) ¿Recuerdas que me oíste hablar de una mercancía?

Bueno, pues la mercancía que Gabriel tiene en su poder es mi familia, mi padre, mi madre y mi hermana. Me dice que su palabra siempre la cumple; que te quería él a su lado y como yo me encontraba de por medio tenía que valerse de los medios para conseguir su fin. Esos medios fueron mi familia, así que me obligo a no volver a verte y me mando lejos para que yo no pudiera estropear sus planes.

(Constanza) ¿Pero, y que paso con tu familia, dónde están ahora?

(Román) Gabriel las tiene aún en su poder, no he podido averiguar en qué lugar los mantiene cautivos. ¡Eh pensado que los tiene en la casa del monte, ahí donde te lleve! ¡Estuve buscando pistas que me condujeran hasta ellos, pero desgraciadamente en la casa haya cámaras por todos lados y eso hace que se me dificulte más el trabajo, aunque por las señas que encontré noté que están muy cercas de mí! Desafortunadamente yo no puedo realizar solo este trabajo, así que tome la decisión de contarlo todo a la policía, pensé mucho en hacerlo, ya que me dijo Gabriel que si lo hacía yo no los volvería a ver con vid. Afortunadamente me topé con un gran hombre en quien he confiado y me apoya para encontrar la forma o la manera de llegar hasta el paradero de mi familia. ¿Ahora entiendes el porque me tuve que alejar de ti? ¡Pero quiero que sepas que jamás deje de pensar en ti, que cada momento que pasaba era un suplicio el pensar que me aborrecías con todos tus fuerzas, pero yo guardaba el día para encontrarte y poderte contar toda la verdad, pero desgraciadamente las cosas fueron de otra manera! Gabriel me volvió a llamar para hacer otro trato, el cuál consistía en hacerte creer que yo lo había matado y de paso hacer creer a las autoridades que él había muerto y con eso él me devolvería a mi familia, cosa que él hasta el momento no me ha dicho donde los mantiene cautivos. Me ha permitido hablar con ellos unos momentos durante estos meses, por eso sé que se encuentra con vida aún, pero mis padres ya son personas mayores que necesitan atención y mi pobre hermana también tiene que estar ya muy afectada con todo esto.

(Constanza) ¡Muchas gracias por haberme contado toda la verdad, yo en el fondo sabía que no habías cambiado, que seguías siendo el hombre noble y bueno al que yo un día le entre mi corazón y el cual ninguno más a llenado ese vació que un día tú dejaste!

(Román) ¡Eso quiere decir que aún me sigues amando!

(Constanza) ¡Si Román, te amo como nunca, aún guardo en mi boca el sabor de tus labios, la frescura de piel, lo dulce de tus brazos!

Hacen que sus labios disfruten del dulce amor que sienten él uno por el otro, no les importa estar en un lugar público, solo saben el gran amor que los une.

(Constanza) ¡Ahora más que nunca debemos ser precavidos y no levantar sospecha, tenemos que actuar como hasta ahora, hasta cierto punto con indiferencia, aunque me costará mucho no dejarme ir a tus brazos Román, y ahora que se toda la verdad quiero ayudarte a encontrar a tu familia y también a descubrir que paso realmente con la muerte de mis padres; aunque estoy completamente segura que todo fue obra de Rivera, él es el causante de la muerte de mis padres y juro que lo aré pagar por todo el daño que nos ha hecho.

(Román) ¡Tranquila mi amor, todo eso lo podemos llegar hacer, pero vamos a tener calma, y sobre todo mucha precaución! De eso es lo que te quería prevenir ayer, Gabriel no se toca el corazón para quitar de en medio aquello que le estorba y no quiero que nada malo te suceda a ti.

(Constanza) ¡Ni yo a ti Román! Hoy en la mañana escuche a Gabriel diciéndole al manotas que te quería quitar del camino, que no quería verte cercas de mí, pero manotas le dijo que es mejor tener al enemigo muy de cercas para saber qué hace, que dice y que piensa, todo refiriéndose a ti. Ellos no notaron que yo los estaba escuchando ya que estaba detrás de la puerta del baño, pero me dio mucho miedo al escucharlos, pero a la vez me llene de valor y como dijo él que el enemigo debe estar cercas así que decidí tomar las riendas de la casa y tomar el control poco a poco, que sienta que no será tan fácil dominarme como él se lo imagina. Hasta cierto punto debo ser altiva, orgullosa y prepotente con él. ¡Tal vez te sorprenda este cambio, pero quiero que sepas que aún sigo siendo por dentro aquella muchacha tierna y de buen corazón como tú me decías que era y de quien te enamoraste profundamente, pero ahora las cosas han cambiado, también quiero ser fuerte y luchar por lo que quiero y amo, ojala que también sepas valorar esa parte de mí, ya que lo hago por descubrir quién fue el causante de la muerte de mis queridos padres!

(Román) ¡Yo te entiendo perfectamente mi chiquita, yo estaré ahí siempre que me necesites, no quiero que por nada del mundo salgas mal herida de todo este enrollo en el cual el más perjudicado ha sido nuestro amor!

(Constanza) ¡Gracias por todas tus palabras mi amor, me hacen sentir que no estoy sola en este mundo; hay días en los que siento que no vale la pena vivir, no tengo a nadie en la vida en la cual pueda yo refugiarme y pedir un poco de tranquilidad!

(Román) ¡Nunca me has contado esa parte de ti, es decir si tiene algún otro familiar cercano!

(Constanza) ¡El único familiar cercano que tengo es mi tío Rosendo, que por cierto no sé si vive aún, lo dejé de ver cuando apenas era yo una niña! Existieron algunas diferencias entre mi padre y él y jamás volví a saber nada de él, y ahora menos ya que en la casa que fue de mi padre por tantos años la abandonamos inesperadamente. Por parte de mi madre ella era hija única y mis abuelos murieron cuando mi padre ya estaba casada con mi padre.

(Román) ¿Por qué tú nunca buscaste a tu tío?

(Constanza) Quizás porque yo lo tenía todo en aquel tiempo y poco me importaba lo que pasaba en mi entorno, solo quería disfrutar de lo que tenía, pero desgraciadamente perdí todo de un momento a otro, y lo más valioso fueron a mis padres; todo eso me ha ayudado a valorar lo que tengo y ver la vida de diferente manera, ahora sé que el dinero es solo un medio para subsistir en este mundo, más eso no te da una felicidad completa como lo es amor. ¡Pero desgraciadamente yo me vine a dar cuenta de ello muy tarde, ya que mis padres no están conmigo! Pero ahora estás tú a mi lado y procurare darte todo el amor que tengo guardado, y con esto honraré la memoria de mis padres a quien tanto extraño.

(Román) ¡No te pongas triste mi amor, varas que pronto saldremos de esto y podremos vivir nuestro amor lejos de aquí! Mi familia será tu familia y veras como en mi hermana encontraras también una hermana y amiga, ella es muy tierna y dulce. ¡Ardo en deseos de poder abrazarlos y besarlos y decirles cuanto los amo!

(Constanza) ¡Ya verás que todo saldrá bien! ¿Pero, y que aremos ahora? ¿Qué planes tienes?

(Román) ¡Por lo pronto irnos de compras y por la tarde me dijo el comandante que nos veríamos por aquí cercas!

(Constanza) ¿El comandante? ¿Quién es ese comandante?

(Román) ¡Fue la persona con quien hable y le conté todo lo que me estaba sucediendo con Gabriel! Él le ha estado siguiendo los pasos desde hace ya mucho tiempo, a él y a mucha gente con la que te reuniste el día de la fiesta. Que por cierto me dijo ya tiene gente infiltrada en todo esto, así les será más fácil atraparlos a todos. ¡Que por cierto el comandante se llana Rosendo, solo que no recuerdo el apellido de él, pero eso ahora no importa, ya por la tarde lo conocerás, él ha mostrado mucho interés por ti!

(Constanza) ¿Por mí? ¡Pero él y yo no nos conocemos, es más es la primera vez que escucho su nombre!

(Román) ¡Yo lo sé, a mí también se me hizo muy raro que se tomara tanto interés por ti, Yo solamente le hable de ti el día en que me entreviste con él y desde ese día no ha dejado de preguntar por ti! Hoy en la mañana me volvió a preguntar por ti a lo cual le pregunte que si cual es el verdadero motivo o interés si no te conoce. ¡Pero él solo contesto que por algo es comandante y tiene que estar enterado de todo y vigilar que todo salga bien! ¡Bueno, ya lo conocerás más tarde, ahora vámonos de compras! Quiero que te la pases feliz lo que resta de la tarde y olvidarnos por completo de lo que venga después, ahora a vivir el momento tú y yo juntos.

(Zorro) ¡Jefe, al parecer se dieron cuenta que los iba siguiendo y se me escaparon, ya he andado por muchos lugares de la ciudad y no logro dar con ellos que hago!

(Jefe) ¡Síguelos buscando! ¿Y no quiero que me llames si no tienes noticias de ellos?

(Zorro) ¡Está bien jefe como usted ordene, yo seguiré buscando, ojala de con ellos pronto!

(Jefe) ¡Más te vale que los encuentres hoy mismo y no quiero que vuelvas a casa sin ellos!

¡De mí nadie se burla, y menos una mujer, ya vera lo que le va a suceder nomás que aparezca, se va arrepentir de haberse burlado de mí!

Román y Constanza disfrutaban de cada momento que estaban juntos, nada podía empañar esa felicidad que sentían el estar juntos uno del otro, querían recuperar todo el tiempo que por la maldad de unos los había separado. Se llenaban de besos y abrazos, parecían comerse el uno con el otro, ya que ellos sabía que todo podía pasar, quizás si algo no resultaba como ellos lo planeaban, al menos les quedaría esa alegría, el haber pasado el día juntos, así que habiendo alquilado el cuarto de hotel aprovecharon para consumar el amor que tanto se tenían, el reloj para ellos se había parado, no querían los minutos pasaran, querían vivir solo ese momento, el cual parecía eterno. Era como si en el mundo solo existieran ellos dos. ¡Pero desafortunadamente tenían que despertar de ese sueño de amor tan maravilloso y volver a su realidad!

(Román) ¿¡Dios santo nos hemos quedado dormidos mira la hora que es!? El comandante me ha estado llamando varias veces y por lo que veo va a estar muy preocupado por nosotros. Le avisaré que estamos bien y le inventaré algo para tranquilizarlo.

(Constanza) ¡Está bien, mientras yo voy sacando las cosas que compramos!

(Román) ¡En un momento estoy contigo y te ayudo con las compras!

(Cmte. Rosendo) ¡Román, dónde te has metido; te he estado llamando casi toda la tarde y tu celular me sonaba apagado o fuera del área de servicio!

(Román) ¡Mil disculpas mi Comte! ¡Lo que paso fue que se me agoto la batería y como le explique tuve que venir con Constanza de compras y se nos fue el tiempo, ya ve usted como son las mujeres cuando salen de compras, no hay quien las pare! ¡Pero afortunadamente ya terminamos lo que teníamos que hacer y usted dirá dónde nos podemos ver!

(Cmte. Rosendo) ¡Té parece si nos vemos en un lugar más tranquilo y sin que nadie nos interrumpa!

(Román) ¡Pero Comte! ¡Usted me dice en un lugar tranquilo y me cita en su trabajo!

(Cmte. Rosendo) ¡Aquí es el lugar más tranquilo, aquí hay menos gente que haya afuera, y nadie nos puede interrumpir ya que el jefe aquí soy yo!

(Román) ¡Que puntadas se saca usted, ahí nos vemos en unos minutos!

(Constanza) ¡Todo está bien Román!

(Román) ¡Sí, todo está bien, solo que el comandante nos espera en un lugar tranquilo para hablar! ¿¡Y adivina dónde nos para hablar!?

(Constanza) ¡Supongo en alguna cafetería!

(Román) ¡No, La cita es en su propia comandancia, así que andando, creo ya lo hicimos esperar mucho tiempo!

(Constanza) ¡Vaya que es raro ese Cmte! ¡Creo ya tengo curiosidad por saber más de él y preguntarle porque tanto interés en saber de mí, en saber lo que me ocurre!

(Román) ¡Bueno pues ya estamos aquí, ahora vamos a ver que nos dice, espero tenga buenas noticias de mi familia! ¡Mira ahí llega ya!

(Cmte. Rosendo) ¡Buenas tardes muchachos como están! ¡Disculpen la demora pero tuve que ir a firmar algunos papeles, por eso les hice pasar a mi oficina para que no estuvieran ahí afuera esperando!

(Román) ¡No sé preocupe teníamos unos minutos de haber llegado! ¡Mire Cmte! ¡Ella es Constanza Villanueva, la persona de quien tanto yo le he hablado!

(Cmte. Rosendo) ¡Mucho gusto Constanza, me da gusto verte y saber que estés bien!

Constanza escucha la voz del Cmte. ¡Una extraña sensación le viene a su mente y hace que su mente retroceda por unos instantes; cosa que la deja casi sin habla! Se encuentra un tanto confundida al ver aquel hombre que le recuerda a alguien, pero no sabe a quién con exactitud; sus gestos, sus miradas, sus palabras y ese rostro que siente ya haberlo visto en alguna parte.

(Román) ¡Que pasa Constanza porque te quedas callada! ¿Constanza te sientes bien, estas un poco pálida?

(Constanza) ¡Perdón, quizás fue solo la impresión!

(Román) ¿La impresión de que? ¡Ya sabías que veníamos para esta oficina!

(Constanza) ¡No, no es por eso que me encuentro así!

(Román) ¿Entonces porque?

(Cmte. Rosendo) ¡Tranquilo Román, espera que se tranquilice un poco, mira, toma un poco de agua te sentirás un poco más mejor!

(Constanza) ¡Perdonen mi actitud, solo que por un momento creí estar viendo a una persona a la que quise mucho y de la cual no sé dónde se encuentra ahora!

(Román) ¡Ya paso todo chiquita, tranquila!

(Cmte. Rosendo) ¡Constanza, se en quien puedes estar pensando y quizás yo pueda aclararte esas dudas que tienes ahora!

(Román) ¡Usted! ¿Pero si nunca la ha visto, hasta donde se es la primera vez que se ven en persona?

(Cmte. Rosendo) ¡Te equívocas muchacho, ella y yo ya nos conocíamos de hace ya mucho tiempo, solo que quizás ya se le olvido mi rostro; y es lógico, ya han pasado muchos años desde la última vez que nos vimos! ¡Constanza era una niña muy soñadora y encantadora; le gustaba mucho pasear por el jardín de la casa y oler el suave ahora me de las rosas, les hablaba y decía que ellas le contestaban, su mundo era aquel inmenso jardín al cual acudía cuando algo andaba mal o que por algún motivo sus padres le llamaban la atención, era su refugio favorito, no es así Constanza o me equivoco!

(Román) ¿Cómo sabe usted todo eso? ¡Y no me vaya a decir como siempre, que por eso está usted en ese puesto por que ahora no le creo!

(Cmte. Rosendo) ¡No Román, a Constanza la dejé de ver ya hace muchos años por cuestiones familiares que ahora no viene al caso, solo que después de muchos años quise volver a verlos pero la casa donde yo los había dejado ahora estaba vacía, así que me di a la tarea de investigar que había pasado con ellos y para mi sorpresa fue saber mi hermano y mi cuñada habían muerto y mi sobrina había desaparecido; fue entonces que tu llegaste a mi oficina pidiendo ayuda y me contaste toda esa historia y me hablaste de Constanza, ahí fue donde me enteré donde y en qué situación se encontraba ella!

(Constanza) ¡Así que usted es mi tío Rosendo, aquel a quien yo tanto admiraba y quería! ¡Por favor déjeme darle un abrazo y un beso! Nunca le he olvidado tío, siempre preguntaba a mis padres por usted pero ellos siempre evadían esa plática y nunca me dijeron porque así tan de repente se fue de nuestro lado. ¡Siempre añoraba sus cuentos y sus consejos, y por las noches soñaba como corríamos los dos por el jardín de la casa, usted siempre fue para mí como un segundo padre!

(Cmte. Rosendo) ¡Y tú para mí la hija, la hija que nunca llegue a tener! ¡Así que como vez nunca me case y solo me dedique a mi trabajo, el cual con los años todo se me fue pasando, hasta el punto de olvidarme de mi mismo y pensar solo en los demás y dejé que el tiempo pasara y ahora que me veo ya en el espejo solo miro el recuerdo de lo que un día fui! ¡En la vida uno comete muchos errores, y algunas; oh más bien dicho muchas veces ya se da uno demasiado tarde de ellos, y quizás a veces pesa más nuestro orgullo que el pedir perdón de aquello que hacemos y así se nos va la vida! ¡Eso fue lo que a mí me paso con tu padre, por una discusión tonta nos distanciamos, y el orgullo peso más en nuestras cabezas y no dejamos que actuara nuestro corazón!

¡Pero ya hablaremos más delante de todo esto y prometo ser el mejor tío que hayas tenido; prometo recurar todos esos años de abandono que te mantuve!

¡Román me ha contado lo que sucedió con su familia y ahora contigo; quiero decirles que no están solos, que los vamos a proteger de cualquier peligro en el que se encuentren! Constanza tú eres la que corre más peligro ya que todo el tiempo estas bajo la mira de Gabriel. ¡Necesito que tomes todas las precauciones necesarias para que no te pase nada! ¡Quisiera en este momento no dejarte ya ir a lado de ese hombre y mandarte muy lejos, donde la maldad de ese hombre no te persiga; quizás bajo otra identidad, cambiarte tu arreglo, en fin muchas cosas que se pueden hacer, pero lo grave de esto es que sino regresas con Román su familia sufrirá las consecuencias! ¡Así que como ven Gabriel nos tiene en sus manos y no podremos hacer nada hasta no saber en qué sitio los mantiene secuestrados!

(Constanza) ¡Los entiendo perfectamente a los dos, pero déjenme decirles a los dos: tío, yo no soy ya una niña a la que me tienes que sobre proteger; y tu Román sé del gran amor que me tienes, pero tienes que tener confianza en mí; ya te demostré que no soy la misma de antes, sabés bien de lo que puede ser capaz, es más hasta yo misma me desconozco! Sé que puedo luchar contra el enemigo y ponerme frente a frente sin agachar la mirada; no debo tener miedo ante nada, ya que estoy luchando por algo que vale la pena, como lo es tu propia familia, y también por aquellos jóvenes que están bajo las redes de la droga, que por culpa de estos engendros que la comercializan llega a tanta juventud que los va matando lentamente.

(Román) ¡Disculpame mi amor solo que me da miedo tan solo de pensar que algo malo te pudiera pasar, eso jamás me lo perdonaría!

(Constanza) ¡No me va a pasar nada! Tengan confianza en mí, aparte de todo ustedes mismos me ha dicho que siempre estarán cercas, así no de debemos de preocuparnos tanto y tener mucha fe en lo que vamos a realizar

(Cmte. Rosendo) ¡Está bien Constanza tendré que confiar en ti, sé que ya no eres la niña aquella, pero ahora el peligro es totalmente diferente y por lo tanto no siempre estaremos en el momento indicado por eso te daré esta arma para que la uses sólo en caso necesario; deberás esconderla muy bien para que no sospechen.

En ese momento alguien los interrumpe y les da una notica: Cmte. Perdón por la intromisión pero nuestro agente en cubierta dice que el jefe ha dicho que si en una media hora no aparecen los muchachos aran desaparecer a la familia de Román

(Cmte. Rosendo) ¡Tranquilos muchachos no se alteren! ¿Constanza traes con que hablarle a Gabriel?

(Constanza) ¡No tío, Gabriel no me ha dado celular para comunicarme con él!

(Román) ¡Yo traigo uno pero ya se le termino la carga, tal vez ha estado llamando y como no conteste se ha de imaginar que huimos! ¡Dios santo no quiero que a mi familia le pase nada, son lo único que tengo!

(Cmte. Rosendo) ¡Mira llama desde este teléfono, las llamadas que dé el salen aparecen como privadas así que no abra forma que investigue de donde procede la llamada! Por ahora debes tranquilizarlo un poco y comentale que ya van en camino.

(Jefe) ¡Román! ¡Donde chingados se meten que no contestas mis llamadas! ¡Román no te quieras pasar de listo conmigo Román, ya sabes que conmigo no se juega! ¿Mande al zorro para que los vigilara y me dice que de pronto te desapareciste, no será que te diste cuenta que los seguía y por eso decidiste esconderte?

(Román) ¡Jefe buenas tardes! ¡Perdón que me reporte hasta esta hora pero se me agoto la batería al celular y por eso no le pude informar donde andábamos, pero ya vamos para la casa; ya ve usted como son las mujeres cuando andan de compras, no hay quien las pare! Y no me di cuenta si alguien nos seguía, solo que tome otro camino alterno para llegar más rápido pues a esa hora el tráfico ya es muy pesado.

(Jefe) ¡Mira no me quieras ver la cara, se perfectamente que algo traman tú y Constanza, pero sea cual quiera que sea su estrategia yo sabré ir más adelante, así que los quiero inmediatamente en casa, sino tomaré otras medidas y esas no creo que te vayan a agradar mucho!

(Román) ¡Sera mejor darnos prisa en llegar, Gabriel está muy molesto y no quiero la tome contra mi familia!

(Cmte. Rosendo) ¡Quiero que sepan los dos que estaré muy cercas de ustedes; por favor cuídense mucho y tengan mucho cuidado que Gabriel no les vea muy de cercas a ustedes, puede ser que se dé cuenta que entre ustedes hay algo más!

(Constanza) ¡Tío, antes de irme se me olvido decirte que Duarte, uno de los grandes jefes me dio su tarjeta por si algún día necesitaba su ayuda! ¿Qué piensas de ello?

(Cmte. Rosendo) ¡Hoy en día te quieren comprar con dinero, como si fueras un objeto cualquiera, no te confíes mucho de ello sobrina, pero guarda esa tarjeta, pueda ser que nos sea de gran utilidad en un futuro no muy lejano!

Ya de regreso en camino rumbo a casa, Constanza y Román.

(Román) ¡Con tanto sobresalto que tuvimos se me había olvidado darte las gracias por el día tan maravilloso que me regalaste, de verdad que fue algo que ni yo mismo me lo esperaba!

(Constanza) ¡Román no tienes que darme las gracias, fue algo en que los dos soñábamos ya desde hace mucho y lo que paso créeme que fue lo más hermoso que me ha sucedido en estos últimos días, no sin contar con el reencuentro con mi tío, ahora menos que nunca me siento solo! Ahora tengo otro motivo más para seguir luchando y enfrentar a Gabriel.

(Román) ¡Sabes, creo que me voy a enamorar más de esta nueva Constanza que no conocía! Más segura de sí misma, más madura más centrada y sobre todo más mujer. ¡Antes de llegar quiero pedirte un favor!

(Constanza) ¿¡Cuál es ese Favor!?

(Román) ¡Que cuando puedas trates de averiguar en qué lugar tiene secuestrados a mis padres y hermana! Presiento que ellos ahora están sufriendo mucho y temo que aún no saben bien el motivo por el cual los tienes cautivos, mis padres siempre nos han mantenido unidos y nunca ha existido secretos entre nosotros; por eso tal vez su mente se encuentre sumergida en la más profunda confusión. Y aún no sé qué les abran contado sobre mí; ¡Quizás que yo ande en malos pasos, que el tener algún puesto como en el que me encontraba se me hacía poco y quise encontrar por caminos menos correctos algo mejor, no lo sé, ni yo mismo me entiendo en ocasiones!

(Constanza) ¡No te preocupes Román, de alguna manera voy a tratar de averiguar donde se encuentra tu familia, ten por seguro que pronto estarán a tu lado y con tu cariño de hijo y hermano olvidaran pronto toda esta pesadilla que están viendo! ¡Ahora sigamos a ver a Gabriel, que ya ha de estar hecho una fiera!

(Román) ¡Cuidate mucho cuando estén los dos a solas, no quiero que te toque, no sé qué haré si delante de mi quisiera acariciarte y darte un beso; me pondría muy celoso!

(Constanza) ¡Pues tendrás que controlarte Román, no quiero que por eso se venga todo abajo y se dé cuenta que volvimos y que ahora estamos más unidos que antes para acabar con él! No debemos darle ningún motivo para molestarse sino él es capaz de acabar con nosotros y eso no quiero que suceda, te amo Román y quiero estar a tu lado siempre y gozar de lo mucho que la vida nos tiene preparado.

(Román) ¡Eta bien Constanza, trataré de hacer mi mejor esfuerzo! El arma q   ue te dio tu tío guardala muy bien y solo usala cuando sientas que tu vida está amenazada, pero yo tratare de estar siempre de ti lo más cercas posible. ¡Tenlo por seguro que saldremos de esto y disfrutaremos de nuestro gran amor; ahora más que nunca sé que no me equivoque en elegir a la mujer que quiero como compañera de mi vida!

(Jefe) ¡Manotas!

(Manotas)¡Sí jefe dígame!

(Jefe) ¡Necesito pedirte que ahora que lleguen te lleves a Román al sótano de la casa, dile algunos otros de los muchachos que les ayuden un poco, y me avisas cuando lo tengan, de lo demás yo me hago cargo! ¡Vamos a ver qué tan macho dice ser, porque de mi nadie se burla!

(Manotas) ¡Por lo visto al jefe no le agradó nada el que se le haya escapado la paloma! ¡Por lo pronto hoy tendremos función a salud de nuestro amigo Román!

(Constanza) ¡Hola Gabriel ya llegamos!

(Jefe) ¡Bonitas horas de llegar a tu casa Constanza! ¿No pensé que el estar a mi lado te causará tanta repugnancia y que a la menor oportunidad huyeras de mí?

Constanza trata de ser lo más perspicaz con Gabriel, darle por su lado. Finge hasta donde le es posible; Ella siente repugnancia el hecho tal solo de tocarlo, pero tiene que hacerlo, ya que no se le olvida el haberlo escuchado que quiere quitar a Román de en medio.

(Constanza) ¡Claro que no es así, no al menos como me lo estás diciendo Gabriel! ¡Simplemente tenía muchas cosas que hacer y se me vinieron muchas cosas a mi mente para hacer en la casa! Compré muchas cosas que te pueden gustar, quiero darle a esta casa el calor de hogar que tú quieres que se le dé. ¿¡Acaso no es eso lo que querías que yo fuera para ti!?

(Jefe) ¡Sera mejor que entremos a la casa, no me gusta hacer esta clase de escenas y menos delante de los empleados! Ahora mando a alguien para que entre lo que compraste.

(Manotas) ¡Veo que al jefe no le agrado nada la idea el hecho de que te desaparecieras todo el día con su mujer!

(Román) ¡Las cosas no son como tú te las imaginas manotas, simplemente la señora fue de compras y yo le ayudaba con ellas y eso fue todo lo que hicimos!

(Manotas) ¡Pues se desaparecieron todo el día, yo en el lugar del jefe estaría igual o peor aún! ¡Pero bueno, eso asunto del jefe; vamos por lo pronto al sótano de la bodega tenemos que quitar unas cajas que nos estorban!

(Román) ¡Ahora no puedo, debo bajar las cosas que traigo, más al rato voy y les ayudo!

(Manotas) ¿Qué no escuchaste al jefe que dijo que él mandaría por ellas? ¡No escuché que te dijera a ti que las bajaras!

Román trata de contener los celos que le provoca el hecho de que el jefe se encuentre con Constanza a solas, pero por más que tarde de disimular todo se le ve en su rostro.

¡Vamos Román que tenemos muchas cosas que hacer en el sótano!

(Román) ¿¡Pero no entiendo porque en el sótano de la bodega; es más el sótano está completamente vacío y tú me dices que hay quitar una cajas!?

(Manotas) ¿¡Mira ya no hagas tanta pregunta y vamos rápido que al jefe le urge hacer este trabajo lo más pronto posible!?

(Román) ¡Oye este sótano está muy oscuro prende la luz para que podamos ver algo!

(Manotas) ¡En un momento lo hago!

(Román) ¡¿Pero, que pasa!? ¿Por qué están ustedes aquí, y con la luz apagada?

(Zorro) ¿¡Tranquilo Román no se asuste, parece que miró un fantasma, mire con se puso de pálido!?

(Román) ¡Claro que no tengo miedo, solo que me sorprende que tú y estos hombres se encuentren aquí en el sótano y con las luces apagadas!

(Zorro) ¡Calma Román ya lo sabrás para que estamos todos aquí!

(Román) ¡Manotas tú me dijiste que había que quitar unas cajas y todo está casi limpio aquí, será mejor salir de aquí inmediatamente!

(Zorro) ¡No tan de prisa Román, te tenemos una sorpresita!

¡Dos sujetos y el zorro tratan de impedir que Román salga del sótano y lo atan a una pilastra, él no comprende que es lo que está pasando hasta que de pronto!

(Jefe) ¿¡Tú crees que es tan fácil burlarse de mí Román!? ¡Yo no soy hombre que perdone las traiciones, y menos si está de por medio la mujer que yo quiero! ¡No Román, yo no soy la madre Teresa de Calcuta para perdonar las traiciones! ¡Yo sé hacer justicia con mi propia mano; y no me trago ese cuento que anduvieron todo el día de compras! ¡Pero ustedes no se percataron de que yo soy muy observativo y se fijarme bien en cada pequeño detalle y uno de esos detalles es que cuando una mujer se va de compras, casi vacía las tiendas, y eso lo hace en unas cuantas horas; y no en todo el día como lo hicieron ustedes, pero el detalle está en que solo compraron unas miserables garras, así que ahora mismo me vas a decir donde estuvieron todo el canijo día!

(Román) ¡Ya le dije jefe, ella y yo estuvimos de compras, no fuimos a ningún otro lado!

(Jefe) ¡Pues no te creo ni una sola de tus palabras! ¿¡Cómo tampoco te creo que no te hayas dado cuenta que manotas los seguía; seguro te diste cuenta casi desde el momento de salir de la casa y por eso te desviaste para perderlo y así escaparte con mi mujer!? ¡Pero eso te va a costar muy caro Román! ¡Agárrenlo! Ahora vas a saber que de mi nadie se burla.

El jefe toma un fuete y con el azota a Román hasta saciar la rabia que trae por dentro. Román siente desgarrar su cuerpo ante la furia y los golpes de aquel hombre. El queda inconsciente ante tanto golpe, y solo escucha las burlas ante aquel escenario.

¡Vean ustedes y tomen ejemplo de lo que les puede llegar a suceder si alguno de ustedes se quiere pasar de listo conmigo!

(Zorro) ¡Jefe parece que Román está muerto!

(Jefe) ¡Pues ojala lo estuviera, así me deshago de él de una vez para siempre y deja de molestarme! Pero solo está desmayado por los golpes, déjenlo aquí y si pasa la noche pues será un milagro para él, pero yo lo dudo; ¿¡Míralo, quedo como Cristo crucificado!?

(Manotas) ¡Creo que ahora si se pasó un poco jefe!

(Jefe) ¡No me vayas a salir ahora con que le tienes lástima manotas, si tú sabes que hemos hecho cosas peores!

(Manotas) ¡Yo lo se jefe, pero con las demás personas tenían la ventaja que se podían defender, en cambio este cristiano ni las manos metió!

(Jefe) ¡Mucho cuidadito con que me entere que tienes compasión por este infeliz y te de hacerla de samaritano! ¡Aquí quiero que se quede, ya mañana venga uno de ustedes y se cerciora si sigue con vida! ¡Ahora vámonos de aquí!

(Constanza) ¡Gabriel, ordené que me alistaran una de las recámaras de la casa, espero no te moleste!

(Jefe) ¿Para qué quieres otra recámara? ¿Acaso no eres mi mujer, que no te quedo claro anoche que fuiste mía?

(Constanza) ¡Yo fui tuya no porque yo lo deseara, sino porque tú así lo decidiste, y por eso mismo te pido que no lo hagas de nuevo y me permitas que tome una de las otras habitaciones!

(Jefe) ¡Está bien, pero será solo por un tiempo, después quiero tenerte de nuevo en mi recámara como corresponde a una mujer y un hombre que son esposos!

(Constanza) ¡Si, pero nosotros no estamos casados!

(Jefe) ¡Pues para mí si lo estamos y no necesito tener ningún papel firmado para saber que eres mi mujer, con que yo quiera eso es más que suficiente! ¡Vete a arreglar tus cosas, y te avisaré cuando la cena esta lista!

(Constanza) ¡No te molestes, no tengo hambre y por lo regular no acostumbre cenar nada!

(Jefe) ¡Creo que por ahora no es conveniente decirle nada de su llegada tan tarde de la casa, no quiero se me moleste tanto, aunque quisiera castigarla al igual que a Román, pero con la diferencia que a esta hembra la quiero y lo que menos deseo es hacerle daño! ¡Pero eso sí! ¡No voy a permitir que se burlen de mí, y si lo hacen juro que los mato, los mato!

(Cmte. Rosendo) ¿Constanza hija puedes hablar?

(Constanza) ¿¡Si tío puedo hablar, estoy en la recámara y cerré la puerta con seguro, pasa algo!?

(Cmte. Rosendo) ¿¡Eso es lo mismo que yo les quiero preguntar, estoy intentando comunicarme con Román pero no responde a mis llamadas, quedé con él que en cuanto llegaran se comunicaría para saber cómo iban las cosas por haya!?

(Constanza) ¡Por el momento todo va bien, a mí no me dijo nada, salvo una llamada de atención muy leve por la llegada tarde pero todo bien! ¡Al menos de mi parte, a Román no sé qué le haya dicho; en cuanto llegamos uno de los hombres de confianza se lo llevaron!

(Cmte. Rosendo) ¿Para donde se lo llevaron?

(Constanza) ¡No lo sé tío, solo miré que uno de ellos al que le dicen el zorro se acercó a él y casi de inmediato se marcharon juntos!

(Cmte. Rosendo) ¡No, esto no me gusta nada, para mí que el jefe no se quedó contento con la explicación que le dieron!

(Constanza) ¿¡Tú crees que se atrevió a hacerle algo a Román!?

(Cmte. Rosendo) ¡No solo lo creo, sino que casi estoy seguro, conozco perfectamente la clase de personas que son y de lo que pueden llegar hacer cuando algo se les sale de las manos! ¡Ya van muchas horas desde que llegaron y él aún no se ha comunicado; él no tarda mucho en regresarme las llamadas y todo esto me parece muy sospechoso!

(Constanza) ¡Ahora mismo salgo a buscarlo tío, me moriría si algo le llega a pasar a Román!

(Cmte. Rosendo) ¡Tranquila hija, no quiero que cometas alguna tontería por pensar tan arrebatado, será mejor que te tranquilices y esperamos un rato más a ver si contesta a mi llamado!

(Constanza) ¡Está bien tío, pero prométeme que me mantendrás informada si se llega a comunicar contigo! ¡Si no de otra forma seré yo misma quien tenga que buscarlo!

(Cmte. Rosendo) ¡Te prometo que en cuanto él se comunique conmigo yo te lo hago saber; ahora tranquilízate y esperemos noticias y cuídate mucho por favor!

(Constanza) ¡Dios santo que a Román lo le haya pasado nada!

Horas más tarde.

(Constanza) ¡Ya casi va a amanecer y es hora que mi tío no se comunica conmigo! ¡Seguramente algo le paso a Román! ¡Espero y Gabriel no se haya atrevido hacerle algo porque si no ahora si va a saber de lo que soy capaz! Debo Salir a buscarlo y ver que le pasó, solo espero que todos duerman y nadie me vea salir.

(Cmte. Rosendo) ¡Esto no me gusta nada, ya han pasado varias horas para que Román se hubiera comunicado conmigo, estoy casi seguro que algo le paso a este muchacho; y pienso también en Constanza, con lo arrebatada que puede ser una mujer puede cometer cualquier locura y estropear lo que hasta ahora llevamos ganado!

¿¡Una llamada, quien podrá ser, no reconozco este número!?

¡Bueno, Constanza hija, estas aun acostada!

(Constanza) ¡No tío, si no he pegado los ojos en toda la noche esperando tu llamada! ¿¡Pero dime, ya se reportó Román contigo, está bien, que te dijo!?

(Cmte. Rosendo) ¡No se ha reportado aún, pero ya me informaron donde se encuentra!

(Constanza) ¿Dime dónde está?

(Cmte. Rosendo) ¡Te lo diré pero quiero que lo tomes con calma y actúes con mucha cautela! ¡Ha Román lo tiene en el sótano o en una bodega!

(Constanza) ¡Ya estoy fuera de la casa, no resistí más la angustia y salía buscarlo! ¿Dime, él se encuentra bien, no le hicieron nada verdad?

(Cmte. Rosendo) ¡Te mentiría si te dijera que se encuentra bien, pero desafortunadamente sé que no lo está, por eso recurrí ahora a ti para que vayas a ver que le sucedió, el camino ahora está libre, puedes irte por la parte de atrás de la casa, así nadie te vera, pero de todos modos vete con mucho cuidado!

(Constanza) ¡Lo aré tío no te preocupes, ahora mismo salgo para haya!

(Momentos más tarde.)

¡Por aquí es donde me dijo mi tío que tenían a Román, pero no lo veo por ningún lado, debo buscar algún interruptor de luz! ¡Sí ahí se encuentra uno!

¡Román, Román; Dios Santo que te hicieron amor! ¡Contéstame mi amor! ¡Estas ardiendo en fiebre y tu pulso se encuentra muy débil! Esto lo vas a pagar muy caro Gabriel, si algo más grave le llega a pasar a él te juro por la vida de mis padres que lo vas a pagar con tu vida si es necesario.

(Román) ¿¡Constanza amor eres tú!?

(Constanza) ¡Mi amor, si soy yo; bendito Dios que estas vivo, por un momento me temí lo peor! ¡Hagamos un esfuerzo y salgamos de este lugar, debo curarte esas heridas y darte algo para que tomes, ya has perdido mucha sangre!

(Román) ¿Cómo lograste averiguar dónde me encontraba?

(Constanza) ¡Mi tío me aviso donde te tenían, pero ni él mismo se da cuenta de la gravedad de tus heridas, solo me dijo que te encontrabas muy mal!

(Román) ¿¡Pero y a él quien le dijo dónde me tenían!?

(Constanza) ¡Uno de sus agentes que tiene en cubierta le dijo, que por cierto no se quien sea él, pero por ahora yo desconfío de todos! ¡Ahora lo único que me importa es que tú estés bien, pero desafortunadamente no tengo casi nada que ponerte y te veo muy mal Román!

(Román) ¡Solo prométeme que si llego a faltar tú buscaras esa mercancía que es mi familia por la cual estoy luchando para encontrarla, prométemelo, prométemelo Constanza; está bien Román te lo prometo!

(Constanza) ¡Llamaré a mi tío!

(Cmte. Rosendo) ¿¡Constanza hija como estas, como esta Román!?

(Constanza) ¡Muy mal tío, ha perdido mucha sangre y tiene mucha temperatura! Me temo lo peor. ¡Pero temo que si salgo con él de aquí y nos ve Gabriel ahí mismo nos da el tiro de gracia a los dos; por otra parte Román me ha pedido que si algo le ocurre yo busque a su familia!

(Cmte. Rosendo) ¡Quizás suene una locura, pero por ahora es lo único que se me ocurre!

(Constanza) ¡Dime que es lo que estás pensando! ¡Por ahora cualquier cosa puede ser buena, ya que de eso depende la vida de Román!

(Cmte. Rosendo) ¡Tú me comentaste que el uno de los capos te ofreció su ayuda desinteresada no es así!

(Constanza) ¡Sí tío así fue! ¿Qué fue lo que se te ocurrió, que tiene que ver él con lo que está pasando?

(Cmte. Rosendo) ¡Mira, todos los capos tiene algo de sentimientos, así que vamos a confiar en que él los tenga!

¡Quizás si le pides como un favor muy especial y confiando en su discreción tal vez lo puedas convencer!

(Constanza) ¡Pero, y que pasaría si no acepta y en vez de eso nos delata ante Gabriel!

(Cmte. Rosendo) ¡No nos adelantemos a las consecuencias! ¡Si trata de negarse dile que Rosendo Villanueva pide que le devuelvas el favor que hace mucho yo le hice, no le tienes que dar ningún otro detalle, él sabe perfectamente de que se trata! De todo lo demás él sabe cómo hacer su trabajo, tú déjalo actuar y quédate tranquila.

(Jefe) ¡Zorro, manotas; Vamos a salir un par de horas, dejen sus trabajos y acompáñenme! Tengo un par de citas con unos clientes y necesito me cubran las espaldas.

(Zorro) ¡Oiga jefe que hacemos con Román, no hemos ido a verlo para ver como amaneció, oh si amaneció vivo!

(Jefe) ¡Él ahora no me importa, aunque para estas horas dudo mucho que haya amanecido vivo, ya que lleguemos le dan una vuelta y si está muerto simplemente lo tiran por ahí, así me abre librado de él para siempre!

(Constanza) ¡Qué bueno que Gabriel saldrá con su gente, así me dejarán el camino libre para que pueda llegar la ayuda que le pedí a Duarte! ¡Resiste un poco más mi amor, ya pronto tendrás la ayuda que necesitas! ¡Pero esto que le has hecho a Román te va a costar muy caro Gabriel, eso te lo juro! ¡Alguien llega, parece ser Duarte con otras personas, saldré a recibirlos en seguida!

(Constanza) ¡Señor Duarte que gusto que haya acudido a mi llamado, por un momento pensé que se negaría a hacerlo!

(Sr. Duarte) ¡Por un momento creí negarme, pero como me insistió tanto que decidí venir personalmente; en parte para saludarla y en otra para preguntarle acerca de la persona que me mencionó por teléfono! ¡Perdón, no le he presentado al *Doctor La puente*, él es mi médico de cabecera y de mi absoluta confianza, así que puedes confiar plenamente en él!

(Dr. La Puente) ¡Mucho gusto señora; aquí mi amigo Duarte me mencionó que tiene usted un enfermo algo delicado!

(Constanza) ¡Así es Dr.! ¡Yo lo miro muy mal; pero pasen por aquí, les acompaño!

(Dr. La Puente) ¡Este muchacho ya ha perdido mucha sangre, por lo pronto hay que curarle esas heridas que se le pueden infectar aún más! ¡Déjenme a solas con el joven y cuando esté listo les llamo!

(Constanza) ¡Señor Duarte! ¿Sería mucho pedirle si esto que está sucediendo lo podríamos mantener en secreto? El causante de esto que le sucedió a Román y el hecho de que yo me encuentre en esta casa tienen una explicación y un nombre. ¡Aunque ahora es algo corto el tiempo solo quiero que sepa que estoy aquí no por mi voluntad sino porque Gabriel oh el jefe como ustedes le llaman me tiene como su prisionera! ¡Román y yo nos conocimos y desde que nos vimos sabíamos que había llegado el amor, solo que Gabriel se interpuso y le puso una trampa a Román; una trampa de la cual hasta ahora no vemos la salida y cada día que pasa sentimos ahogarnos más!

(Sr. Duarte) ¡Que puede ser tan grave para que le hagan todo eso a ustedes, y perdón Constanza pero el día de la fiesta usted se veía de lo más contenta, pensé que entre ustedes todo marchaba bien!

(Constanza) ¡Tuve que hacer un gran esfuerzo para que Gabriel no fuera tan sanguinario conmigo; el hecho es que entre él y yo no hay nada, yo solo soy uno de sus tantos caprichos que se le antojó tener, pero desafortunadamente estoy sola en este mundo; bueno más bien creí estar sola pero me reencontré con una persona que creí había muerto! ¡Pero ahora lo importante es salvar a Román y encontrar esa mercancía por la cual Gabriel tiene sometido a Román!

(Sr. Duarte) ¿¡Mercancía, que tipo de mercancía!?

(Constanza) ¡Gabriel secuestro a la familia de Román con la amenaza de que si no se alejaba de mí, él atentaría contra la vida de su familia!

(Sr. Duarte) ¡Pero si él tuvo que alegase de ti, cómo es que ahora están aquí juntos!

(Constanza) ¡Lo que pasa que Román sospecha que a su familia la mantienen secuestrada en una de las casas que tiene Gabriel!

(Sr. Duarte) ¿En cuál casa?

(Constanza) ¡En la casa del monte, ahí es donde me llevo primero!

Constanza le relata al Señor Duarte todo lo sucedido con Gabriel y las cosas que puede llegar hacer si estos no cumplen con la parte del trato, Constanza siente un gran alivio el decirle todo a Duarte; de alguna forma sabe o siente que él no la va a traicionar.

(Sr. Duarte) ¡Gracias por la confianza que me tuvo para confesarme todo lo que le ha ocurrido; yo por mi parte trataré de averiguar dónde está la familia de este muchacho y tenga por seguro que los dos van a estar juntos! ¡Usted sabe perfectamente a lo que me dedico y sabe del poder que tengo y por eso mismo poder que tengo trataré de que todo esto se resuelva lo más pronto posible! ¡Aunque le advierto que el jefe ya está subiendo mucho en este negocio y como tal su poder va creciendo! ¡Pero por otra parte quisiera que me contestara algo Constanza, algo por lo cual me hizo venir personalmente! ¡Usted me mencionó por teléfono el nombre de Rosendo Villanueva, que tipo de negocios le unen con él!

(Constanza) ¡No me une ningún tipo de negocios con él, más bien me une algo mucho más fuerte como lo es el lazo de la sangre; así es Señor Duarte, yo como le comente hace un momento, me creí estar sola en este mundo pero resulta ser que me reencontré con mi tío Rosendo, que fue hermano de mi padre! ¿¡Ahora yo quisiera saber qué es lo que les une a ustedes!?

¿¡Perdón Señor Duarte pero hasta donde yo sé los capos y el FBI no se pueden ver muy bien; al no ser qué!?

(Sr. Duarte) ¿¡Al no ser que alguien del FBI este mezclado con alguno de los capos no es eso lo que usted quiere decir!?

¡En este caso se equivoca; ya hace muchos años de esto que te contare! ¡Cuándo yo recién iniciaba en este negocio nos pusieron una emboscada a muchos compañeros, todos luchamos en ese combate por nuestras vidas, yo era un joven inexperto casi en todo, tanto que ni sabía disparar, poco a poco iban matando a cada uno de mis compañeros, yo traté de huir pero me alcanzó una bala en mi pierna y creí morir, me logró alcanzar una persona que me saco de ese lugar y me llevo a su casa y curo mis heridas, estuvo a mi lado, me dio de comer! ¡Un día estando yo solo me escape de su casa no sin antes agradecerle todo el favor que había hecho por mí y prometí devolverle el favor, creo que si yo me hubiera quedado a su lado me hubiera convertido en un hombre de bien, pero desafortunadamente elegí esta vida y no se en que pueda llegar a terminar! Esa es mi historia y con esto que hago sé que solo estoy pagando solo un poco de lo que tu tío hizo por mí ya hace muchos años.

(Dr. La Puente) ¡Ya terminé de curar al enfermo, le administre un sedante para que pueda dormir, también le puse un suero para que por ahí le pueda estar administrando el medicamento! ¡¿No sé si usted pueda hacerlo!?

(Constanza) ¡No se preocupe Doctor, yo sé de primeros auxilios así que no habrá ningún problema!

(Dr. La Puente) ¡Le dejé las instrucciones y el medicamento anotadas, cualquier cosa que necesite aquí mi amigo Duarte me lo puede comunicar!

(Constanza) ¡Muchas gracias por todo a los dos, se los agradezco de todo corazón, no sé qué habría hecho sin su ayuda!

(Sr. Duarte) ¡Por lo pronto déjeme decirle que has sido muy valiente ya que sabés de los riesgos a los que te expones al haberme llamado, y sobre todo al tener a este muchacho en tu habitación! ¿Has pensado en lo que vas a decir para justificar la presencia de él contigo?

(Constanza) ¡En eso no había pensado, pero tampoco Gabriel se ha percatado de que Román aún siga con vida en el sótano! ¿Quizás si él me llega a preguntar simplemente niego haberlo visto y ha Román y lo mantendré oculto hasta que él se recupere?

(Sr. Duarte) ¡Está bien, solo te pido tengas mucho cuidado ya que puede ser muy peligroso, lo conozco un poco pero sé que puede llegar hacer muy impulsivo, y creo que esto que le paso a Román es solo una advertencia de lo que puede hacer!

¡Otra cosa, saludame mucho de mi parte a su tío y dígale que muy pronto nos veremos, que esto no es nada en comparado con lo que él hizo por mí!

(Constanza) ¡Gracias Dios por haber puesto este hombre en mi camino, no sé qué hubiera sido de Román y de mi misma, creo me hubiera muerto de tristeza al saber que algo más grave hubiera sucedido! ¡Pero esto que te hicieron no se va a quedar sin castigo, ahora yo a ti te aré pagar lo que has hecho, te prometo que pronto encontraremos a tu familia mi amor!

(Cmte. Rosendo) ¿¡Constanza como sigue Román!?

(Constanza) ¡Ya un poco mejor tío, el médico vino y lo examinó; tenía mucha temperatura y los golpes que recibió fueron muy fuertes, ahora debo curarlo continuamente, solo que no sé qué decir si Gabriel me llega a preguntar por él!

(Cmte. Rosendo) ¡Si lo he pensado, pero en dado caso que te pregunte respondele con alguna evasiva, que simplemente tú no sabés de él! ¡Yo sé que no es fácil para ti verlo a él en ese estado, pero no te sientas sola, yo también estoy contigo y espero ya pronto termine todo esto!

(Constanza) ¡Es verdad tío, siento que ya no aguanto más, siento que mis fuerzas se me van poco a poco y más viendo a Román en este estado! ¡Pero ahora más que nunca debo sacar fuerzas para enfrentarme con Gabriel, ya basta de hacernos daño!

(Cmte. Rosendo) Así me gusta escucharte hija, muy pronto todo será como una pesadilla.

(Constanza) ¡Tío, te dejó un recado el señor Duarte!

(Cmte. Rosendo) ¿¡Así, y que tipo de recado!?

(Constanza) ¡Que muy pronto se verían y que esto que hizo hoy no es nada comparado con lo que tú hiciste por él!

(Cmte. Rosendo) ¡Vaya, pensé por un momento que ya se le había olvidado! ¿Supongo te contó la historia de cómo nos conocimos?

(Constanza) ¡Y también lo que hiciste por él; si todo eso me contó!

(Cmte. Rosendo) ¡Solo hice lo que me dicto la razón y el corazón en aquellos momentos, lástima que haya elegido ese mal camino, pero bueno eso ya no es asunto mío, yo solo en el momento críe haber hecho lo correcto!

(Jefe) ¡Qué bueno que ya vamos de vuelta para la casa, espero y Román ya haya pasado a mejor vida! ¡Tú manotas, llegando le vas a dar una vuelta y me avisas como está; aunque es muy probable que ya haya pasado a visitar a san pedro, no creo haya durado mucho y menos sin atención! La golpiza que recibió fue muy fuerte, que quizás se me fue un poco la mano, pero sentí una grande furia dentro de mí que no miré las consecuencias pero lo tenía muy merecido.

(Manotas) ¿¡Qué pasará si ya está muerto y la señora Constanza llega a preguntar por él, ya ve usted que se han hecho muy buenos amigos!?

(Jefe) ¡Simplemente que desapareció sin dejar huella, además si una vez ya se fue de su lado, no veo porque no pueda volver hacerlo! ¡Por otro parte si ya él está muerto me quitaré un peso de encima con su familia ya que pensándolo bien creo que debemos dar una ayudadita a San Pedro al mandárselos todos para que se reúnan como familia que les parece! ¡Ya toda esta situación me está cansando, por otro lado ya tengo lo que yo quería, que es tener a Constanza conmigo y ellos solo me estorban y no *veo por qué* mantenerlos cautivos, y para ahorrarles más sufrimiento al ver a su hijo muerto pues les quito esa pena! ¡Ja, ja, Ja! Esto quiere decir que todavía tengo algo de bondad.

Dejando ese asunto de lado quiero que se pongan muy buzos con este trato que acabo de hacer con Genaro Rivera, él no es de las personas que saben jugar limpio en esta clase de negocios, pero se sobre entiende que en este tipo de negocios sobrevive el qué es más astuto; y este ya es gallo muy jugado que se las sabe de todas, por lo tanto debemos ser muy precavidos, no vaya hacer que nos madrugue con la mercancía y entonces si estamos fregados. Ahora que nos entrevistamos lo note que les hacía algunas señas a algunos de sus guardaespaldas y no me agrado mucho. Tampoco me agrado el hecho de que preguntara mucho por mi mujer y el insistir en que para la próxima cita ella estuviera ya presente para presentarla formalmente como la nueva socia del cartel.

(Manotas) ¡Vaya jefe, como que su mujer puede despuntar muy alto y tan solo con ese nombre que le puso: la socia del cartel, suena a telenovela!

(Jefe) ¡Si lo sé, pero a mí no me va a agarrar dormido, eso se lo note desde la fiesta que tuvimos; miré que no le quitaba su mirada de encima y se cómo se las gasta Rivera en cuestión de faldas! ¡Me dieron muchos celos en ese momento pero pensé que Constanza podría ser una excelente intermediario entre nosotros, por otro lado veo que puede ser un arma de doble filo la que me puedo estar jugando, ya que si a Rivera le hecho el ojo a mi mujer puede resultarme muy contraproducente, ya que se cómo se las gasta este tipo que al igual que yo sabemos conseguir lo que queremos al precio que sea necesario; sólo que aquí se toparán dos gallos y vamos a ver de qué lazo salen más correas como dice el dicho! ¡También me pidió que en la próxima cita estuviera ella presente, con el pretexto de que si ella era mi esposa estaría bien ponerla al tanto de todos mis asuntos; yo le dije que a ella no la metiéramos en esto, pero dijo ser un requisito que la organización tiene, de que nuestras mujeres estuvieran al tanto de los tratos que hacíamos con los diferentes carteles, por aquello de que si nos llegan a agarrar ellas tomaran decisiones, y cómo ustedes ya saben que es un requisito estar casado para mantenerse dentro del cartel es necesario que ellas estén al tanto de los asuntos por aquello de las moscas, uno nunca sabe cuándo nos puede llegar a tocar!

(Zorro) ¡Pues si está cañón todo eso que nos cuenta jefe, pero cómo usted mismo dice: cuando ellos dan un paso, usted ya ha avanzado dos más que ellos, y esa es la grande diferencia!

(Manotas) ¡Claro jefe, usted debe demostrar que también las puede y que nadie le puede quitar lo que le pertenece y si se le quiere adelantar aquí nos tiene a nosotros que podemos darle una ayudadita y bajarle los sumos a ese Rivera!

(Jefe) ¡Gracias muchachos sé que puedo confiar en ustedes más que en mi propia mujer y es verdad que si él se quiere propasar no hay más remedio que mandarlo al otro mundo y así me deja el territorio y el mando a mi favor! ¡Esa parte no la había visto de esa forma, no cabe duda que tres cabezas piensan mejor que una!

(Constanza) ¡Presiento que Gabriel ya no tarda en volver, pero su llegada me pone de nervios tan solo de pensar que me llegue a descubrir; debo tranquilizarme sino mis propios nervios me delataran! ¡Por otro lado debo pensar en cómo sacarle información de donde tiene a la familia de Román, ahora más que nunca sé que debo ser fuerte y no dejarme vencer, todo lo aré por ti amor que ya has sufrido mucho al no poder tener a tu lado a los seres que amas, pero sé que pronto te recuperarás y los dos podremos enfrentar al jefe o quien sea que se interponga entre nosotros!

(Jefe) ¡Qué bueno que ya llegamos, el camino se me hizo muy largo y cansado, será bueno darme un baño y descansar un poco! ¡Manotas no se te olvide darle la vuelta a Román y me avisas cualquier cosa que suceda!

(Manotas) ¡Está bien jefe, enseguida lo hago!

(Zorro) ¡Si gustás yo puedo estacionar la camioneta y mientras tú vas a ver que paso con él!

(Jefe) ¡Constanza donde andas, ya llegue!

(Constanza) ¡Dios Santo ya llegó, debo enfrentar lo que venga, debo ser fuerte!

(Jefe) ¡Como estas, no te cansas de estar todo el día encerrada en ese cuarto, sal para que te dé un poco el aire, el día a estado muy bonito como para que te la pases metida entre cuatro paredes!

(Constanza) ¡Lo que pasa que me dio un poco dolor de cabeza y preferí no salir, pero ya estoy mucho mejor, y a ti como te fue en tus negocios!

(Jefe) ¡Me fue muy bien; a este paso que voy creo muy pronto obtendremos un mejor puesto!

(Constanza) ¡Perdón, pero el puesto lo tendrás tú, yo no quiero formar parte de tus negocios!

(Jefe) ¡El día de la fiesta te dije que para entrar dentro del cártel es necesario estar casado o al menos comprometido y como ahora ya prácticamente eres mi mujer; una de las reglas es que la mujer esté al tanto de los negocios del marido, por lo que en la próxima reunión que tendremos te llevaré y se te tomará en cuenta y recibirás un informe de todos los negocios que se llevan! ¡Sólo te advierto que cualquier indiscreción de tu parte te puede costar la vida; se te confiará mucho pero también son muchas cosas son las que debes soportar, pero no te me asustes, mira nada más todo que puedes tener, ve a tu alrededor, todo es tuyo, y tendrás muchísimo más!

(Constanza) ¿¡Has dicho que se me entregará un informe de todo lo relacionado en asuntos de negocios del cartel y que pasa con tus asuntos, esos también me los vas a decir!?

(Jefe) ¿Qué quieres decir con eso de mis asuntos?

(Constanza) ¡No soy tonta Gabriel, se perfectamente que aparte de tus negocios con los del cártel tienes por tú cuenta otros negocios y como tú mismo me acabás de mencionar que debemos de estar enteradas de todos sus negocios, pues también quiero estar enterada de tus negocios como tú…digámosle esposa que soy!

(Jefe) ¡Esos los irás conociendo poco a poco, solo en la medida en que vea que puedo confiar en ti y que no me darás una cuchillada por la espalda!

(Constanza) ¡Creo que ya debes de quitarte eso de tu cabeza, si quisiera traicionarte creo ya lo hubiera hecho; no crees que pude hacerlo cuando salí con Román o lo pude haber hecho hoy mismo, pude haberme escapado y sin embargo aquí me tienes! ¿Qué otra prueba quieres? ¡Ya también fui tuya o ya lo olvidaste!

(Jefe) ¡Sí, fuiste mía, pero cosa que yo no lo recuerdo!

(Constanza) ¡Mira, ese ya no es mi problema que no lo recuerdes; quien te lo manda ahogarte en el alcohol y después hacerme tuya a la fuerza!

¡Ahora dime si no crees que debe ser ya tiempo de ponerme al tanto de algunos de tus negocios, aunque sean de los menos, sigámosle significativos!

(Jefe) ¡Te los diré, pero ahorita no, ahora estoy muy cansado y quiero recostarme un poco!

(Constanza) ¡Esta bien, por el momento descansa, yo voy a ver cómo va la comida y te llamo cuando ya todo esté listo!

Me parece que llego de muy buen humor; es el momento de aprovechar para sacarle toda información que se pueda de sus negocios sucios y sobre todo saber dónde tiene secuestrada la familia de Román.

(Manotas) ¡Jefe, jefe!

(Jefe) ¿¡Que ocurre porque vienes todo agitado!?

(Manotas) ¡Lo que pasa que Gabriel desapareció, no se encuentra en el sótano!

(Jefe) ¡Eso es imposible, si casi lo dejamos muerto, no podía ni mover un dedo, vamos a ver qué pasó!

(Constanza) ¡Dios santo ya descubrieron que no se encuentra en el sótano! ¡Debo esconder a Román en algun otro sitio donde no lo encuentren! ¿¡Pero donde!? Debo avisarle a mi tío de lo que esta sucediendo, tal vez el me de alguna idea de lo que puedo hacer.

(Constanza) ¡Tío, Gabriel ya se entero que Román encuentra donde lo dejaron!

(Cmte. Rosendo) ¿Cómo te enteraste de eso?

(Constanza) ¡Los acabo de escuchar; el manotas vino a decirselo a Gabriel y en estos momentos se dijiren hacia al sótano para ver que paso!

(Cmte. Rosendo) ¡Tranquila, no te adelantes a nada, deja que ellos actuen, tú quedate tranquila que nada va a pasar!

(Constanza) ¡Estoy tranquila tío, solo que siento que los nervios me pueden traicionar y ellos sospechen que él esta conmigo!

(Cmte. Rosendo) ¡Es muy peligroso que tú lo tengas en tu cuarto, él puede entrar con cualquier pretexto y puede darse cuenta y entonces si estariamos perdidos!

(Constanza) ¡Trataré de tomar las cosas con calma porque de otra forma no podré pensar con deteniemiento lo que puedo hacer, te dejo tío voy a ver a Gabriel!

(Zorro) ¡Jefe que bueno que vino!

(Jefe) ¡!Si, manotas me comentó lo sucedido! ¿Pero esto es imposible, él no se pudo haber ido por su propio pie? ¡Estoy casí seguro que alguien que sabía lo que paso se lo llevó! ¿Pero quién? ¿Ustedes vieron a alquien de la casa cuando venian para aca?

(Manotas) ¡Nadie nos miró jefe estoy seguro, recuerde que yo mismo me encargué de traerlo hasta aquí y nadie nos miró!

(Zorro) ¡Que tal si el reaccionó un poco y pidió ayuda y lograron escucharlo y lo sacaron de aquí!

(Jefe) ¡Eso es casí imposible, dejamos la puerta cerrada y no creo que hayan escuchado los gritos, y si en caso de que hubiera gritado dudo mucho lo haya hecho muy fuerte, estaba demaciado erido para poder hacerlo; forzosamente alguien nos miró cuando saliamos y enseguida vino por él!

(Manotas) ¿¡Jefe, perdón por lo que le voy a decir pero; no tendrá algo que ver la señora Constanza en la desaparición de Román!?

(Zorro) ¿Cómo puedes decir esa estupides manotas; la señora casi no conoce bien la casa, no creo que nos haya visto?

(Manotas) ¡Tienes razón manotas, ella no pudo haber sido; además recuerdo que ella se bajó del auto y enseguida se fue con el jefe!

(Zorro) ¿Usted que piensa de todo esto jefe?

(Jefe) ¡Ahora todo es muy sospechoso, alguien lo tuvo que haber ayudado a salir de aquí, y yo lo tengo que averiguar a como de lugar!

(Manotas) ¿Y por donde va a empezar primero jefe?

(Jefe) ¡Para mí por la primera sospechosa de esto: mi propia esposa!

¡Ahora mismo voy a sacarme de dudas, y si ella lo tiene, juro que ahí mismo los mato!

(Manotas) ¡Se me hace que aquí va a pasar algo muy grueso con el jefe y su esposa!

(Zorro) ¡Ya ni la friegas manotas! ¿Cómo se te ocurre ponerle eso en la cabeza al jefe? ¡Ya vez que es muy celoso y ahora con esto ya creo que la va a pasar muy mal ella!

(Manotas) ¡Peor para ella si resulta ser cierto esto y no quisiera estar en sus zapatos!

(Jefe) ¡Vamos a ver que excusa me pones ahora Constanza; por que estoy casi seguro que fue ella la que sacó a ese mal nacido del sótano! ¡Quizas dentro de la organización se diga que tienen voz y voto, pero en mi casa mando yo y no me gusta que interfieran en mis asuntos, creo es momento de liquidarlo yo mismo, así me lo quito de en medio de una vez por todas!

Los gritos del jefe se escuchan por toda la casa, parece león enjaulado queriendo sacrificar a quien se le ponga enfrente. Constanza escucha los gritos pero no se intimida ante ellos, al contrario, piensa tomar esto con calma, todo por salvar la vida de Román. ¡El jefe la mira salir de su cuarto y se avecina a ella con rabia, queriendo deborarla con solo su mirada, parece que de sus ojos sale fuego!

(Constanza) ¡¡Pero que te pasa que son esos gritos!?

(Jefe) ¡No digas nada y vamos a tu recámara!

(Constanza) ¡¡Ha mi recámara, para que!?

(Jefe) ¡No digas nada y sigueme!

(Constanza) ¡Lo que tengas que decirme dímelo aquí!

(Jefe) ¡Dije que a tu recámara y no me hagas perder la paciencia!

(Constanza) ¡ ¡Qué te pasa, porque quieres invadir mi privacidad, eso no te lo voy a permitir!?

Constanza de interpone y no lo deja pasar a su recámara, ella por un momento se sobresalta pensando en que todo se va a descubrir.

Antes de entrar quiero saber por que la insistencia de entrar precisamente a mi recámara habiendo tanto lugar en la casa para hablar. ¡¡Dime, a que le tienes miedo, a que tenga un hombre encerrado!? ¡Eso habla de la poca confianza que le tienes a la que dices ser tu esposa! ¡Gabriel, yo sé que la casa es tuya y todo lo que hay en ella, excepto las personas, esas no te pertenecen!

(Jefe) ¡ Ahora no tengo tiempo para escuchar tus sermones, yo quiero comprobar algo, asi que quitate de mi camino!

(Constanza) ¿Acaso piensas que tengo a alguien escondido en mi recámara? ¿A quien crees tú que tengo ahí metido, acaso a Román?

Gabriel entra a la recámara de Constanza y lo que ve no lo puede creer, él casi estaba completamente seguro de que ella lo tenía oculto pero para su sorpresa fue que en su cuarto no había nada.

(Jefe) ¡No puede ser, estaba completamente seguro que él estaba contigo!

(Constanza) ¿Él, a quién te refieres, acaso piensas que tengo a Román ahí metido, pues por quien me estas tomando? ¿¡Aparte no lo he mirado y que yo recuerde la última vez que lo miré fue cuando llegamos de la ciudad y tú lo mandaste con uno de tu gente, acaso le paso algo de lo que yo no estoy enterada!? ¡Contestame Gabriel que le hiciste!

(Gabriel) ¡Está bien te lo voy a decir! ¡Sí, yo le di un buen escarmiento por no haberse reportado conmigo y porque casi estoy completamente seguro que se fueron por ahí los dos a revolcarse, por eso le di lo que se merecía, para que aprenda que de mí no se burlan! ¡Pero el muy desgraciado se escapó, pero no lo pudo haber hecho solo, pues estaba muy mal, y en la única persona que se me ocurre pensar que lo ayudo fuiste tú!

(Constanza) ¡Me das lástima Gabriel, cómo se te ocurre pensar que yo lo tengo, y lo que es peor aún, que yo lo tenga en mi cuarto! ¿Si yo le hubiera ayudado créeme que en mi cuarto sería el lugar menos indicado que lo traería ya que conociéndote sería el primer lugar que lo buscarías? ¡Y no me equivoqué al pensar eso, el hecho es que ya revisaste la habitación!

(Jefe) ¡Entonces júrame que no has sido tú la que le ayudo a escapar a ese infeliz, jurámelo, jurámelo!

(Constanza) ¡Yo no te tengo que jurarte nada, basta con que creas en mi palabra! ¿Oh acaso crees que mi palabra no vale?

(Jefe) ¡Está bien Constanza voy a creer en lo que me dices! ¡Pero pobre de ti si me estas mintiendo, te juro me la pagarías peor que el estúpido de Román!

(Constanza) ¡Es un infeliz, un desgraciado, sabía perfectamente que fue él quien tuvo que ver en esto! ¡Pero no debo perder la cordura, debo tranquilizarme y ganarme más la confianza de Gabriel; debo volverlo loco por mí, que me llegue a tener toda la confianza, solo así podré tenerlo comiendo de mi mano! ¡El destino no debe ser tan cruel para nosotros que ya hemos pasado tantas penas a causa de nuestro amor, pero yo tengo que hacer hasta lo imposible para que las cosas cambien a nuestro favor!

(Constanza) ¡Gabriel por favor ya no quiero que dudes de mi palabra, yo sé que no me he portado como la esposa que has soñado tener contigo, pero tienes que darte cuenta que los métodos que has utilizado hasta este momento no has sido los correctos y menos para que yo vuelva a sentir algo más por ti, porque mejor no te relajas un poco; ya aparecerá Román, además si como tú dices que está muy mal herido, quizás no haya ido muy lejos, por otra parte no le conviene alejarse de ti, ya que tú tienes su mercancía que le pertece si mal no recuerdo!

(Jefe) ¿Quién te dijo de esa mercancía? ¿Acaso fue el mismo Román que te lo dijo? ¿Qué más fue lo que te dijo de ese asunto?

(Constanza) ¡Ya tranquilizate un poco, estas muy exaltado! ¡Efectivamente, fue el mismo Román quien me habló de esa mercancía que tienes en tu poder y que tienen un pacto, eso es todo lo que me ha contado, de verdad que no se otra cosa; por eso es que te me atreví a decirte que no creo sea tan tonto para dejarte esa mercancía ya que de eso depende su futuro según lo que él me comento!

(Jefe) ¡Sí, creo tienes toda la razón, no pueda huir así como así; la mercancía que tengo en mi poder lave mucho para él! ¡Despúes de todo fue bueno venir a verte, me parece que salí ganando, mira, hasta el enojo se me bajo de inmediato, que te parece si vamos a cenar por aquí cercas los dos!

(Constanza) ¡Me parece buena idea, he estado todo el día metida en mi cuarto que una salida aunque sea comer algo me caerá muy bien!

(Jefe) ¡Solo permitime un momento mientras dejo algunas instrucciones a los muchachos!

(Constanza) ¡Está bien, yo voy un momento a la recámara y enseguida estoy contigo!

¡Dios Santo todo estuvo muy cercas descubrirme, que bueno que la habitación está conectada con la otra; que bien que me di prisa para cambiarlo y no me tomara por sorpresa! ¡Tengo que ganarme lo más pronto posible toda su confianza para que me diga donde tiene a esa pobre gente!

¡Amor, sé que ahora no me escuchas pero quiero que sepas que pronto veras a tú familia, ya has sufrido mucho por la maldad de este hombre; es justo que alguien ya ponga un alto y aunque yo soy mujer quiero que sepas que voy a dar mi vida si es necesario para que al menos tú puedas ser feliz!

Espero regresar pronto mi amor y con este medicamento que te dieron vas a tardar mucho en despertar, espero estar ya aquí para cuando tú abras tus ojitos; te amo Román, te amo con todas las fuerzas de mi alma.

Pasaban los días y Román se iba recuperando poco a poco, pero el encierro lo mantenía como si el tiempo no caminara; eso lo hacía desesperarse a cada momento pero Constanza con sus palabras y con su amor lograba controlar aquella fiera que traía dentro de sí. ¡Román le agradecía a cada momento a Constanza por sus cuidados y por sus consejos que le hacían recuperar la cordura en los momentos de debilidad que le venían! ¡Él sabía que si no estuviera ella a su lado quizás para esos días él ya no estuviera en este mundo y habría dejado a su familia a merced de aquel ser sin alma y corazón! ¡Temía a cada momento por la vida de Constanza, ya que se estaba arriesgando demasiado al tenerlo casi en la misma habitación, pero por el momento no existía otra opción más que permanecer ahí hasta no estar completamente restablecido!

¡Constanza le cumplía todos los caprichos a Gabriel, ella sabía que *tarde o temprano conseguiría y lo tendría comiendo de su mano, así que trataba de ser muy cuidadosa a cada paso que daba para no ser descubierta; los besos y las caricias de Gabriel le parecían repugnantes y sentía ganas de apartarse de su lado en ese momento, pero sabía cuál era su cometido y por lo cual estaba luchando! ¡En los brazos de Román se sentía plena, segura, amada y pareciera que nada le sucediera, pero por fuera era la mujer fuerte, cual árbol de roble, sin que el viento la moviera; pero todo eso provenía del inmenso amor que le tenía a Román!*

¡Por otra parte aunque pareciera increíble Duarte seguía en contacto con Constanza, sentía una grande admiración por el temple que demostraba al enfrentarse al jefe a sabiendas que ponía su vida en peligro; él le ponía casi el mundo a sus pies pero se daba cuenta del grande amor q*ue tenía para con Román así que nunca le mencionaba nada de su interés para con ella!*

(Manotas) ¡Dios santo! ¡Mira esto zorro!

(Zorro) ¡Que pasa!

(Manotas) ¡Parece el cuerpo de un cristiano!

(Zorro) ¡Vamos a bajar al fondo de la barranca para cerciorarnos quien es!

(Manotas) ¡Oye ya no podemos acercarnos más, este hombre lleva días muerto, ya huele mucho!

(Zorro) ¡Oye este hombre tiene las características de Román!

(Manotas) ¡Tienes razón, creo que coinciden los días en que desapareció y el estado de este cuerpo!

(Zorro) ¡Además parece la misma ropa que él traía ese día, será mejor avisarle al jefe de esto!

(Jefe) ¿Dónde se meten ustedes? Los he estado buscando para algunos asuntos que se tienen que atender.

(Manotas) ¡Perdón jefe, pero andábamos dando una vuelta por los alrededores de la hacienda, ya sabe usted cosas de rutina para no llevarnos una sorpresa!

(Zorro) ¡Pero la sorpresa que nos llevamos fue muy grande!

(Jefe) ¿¡Que paso, que clase de sorpresa fue esa!?

(Manotas) ¡Bueno, pues que andábamos dando una vuelta como le comentamos y nos encontramos un difuntito en un barranco, y por las características se trata de Román!

(Jefe) ¿Están completamente seguros que se trata de él?

(Zorro) ¡Ya no se puede identificar mucho, ya se encuentra en estado avanzado de descomposición, no pudimos acercanos mucho pero creemos que tiene los mismos días en que desapareció Román!

(Manotas) ¡También trae el mismo tipo de ropa que utilizaba él, solo que ya se ve un poco deteriorada por el sol y la tierra!

(Zorro) ¡Todo indica que se despeño y cayó en lo profundo del barranco y así con lo herido que iba pues no pudo sobrevivir!

(Manotas) ¿Qué hacemos jefe, damos parte a las autoridades?

(Jefe) ¡No, será mejor dejarlo ahí para que se pudra o se lo coman las aves de carroña, que de algo sirva de menos su cuerpo; por otro lado no me conviene tener aquí a la policía, comenzarán a investigar y meterse en mis terrenos, así que dejémosle eso a los animales y hagamos como si no pasara nada!

(Zorro) ¡Esta bien jefe!

(Jefe) ¡Sera mejor que se preparen, quizás tengamos acción mañana por la noche, yo les aviso del lugar, ustedes nada más estén listos!

A unos metros de ahí se encontraba Constanza escuchado la conversación que Gabriel sostenía con su gente

(Constanza) ¡Creo la muerte de esta persona nos facilitará las cosas, al menos ya no tendrá la duda que Román se encuentra con vida, será mejor que se lo comunique a él de inmediato!

(Román) ¡Hoy ya me siento completamente recuperado de todas mis heridas, ahora ya no dejaré que Gabriel se acerque un día más a Constanza, voy a recuperar a toda mi familia y a él le aré pagar por todo el daño que nos ha hecho!

(Constanza) ¿Román que haces levantado a esta hora?

(Román) ¡Ya me siento totalmente recuperado, y todo gracias a ti, a tus cuidados, a tu amor!

(Constanza) ¡Me da mucho gusto que ya te sientas bien; y ahora que piensas hacer!

(Román) ¡He pensado en irme a la casa del monte, tengo una corazonada que ahí se encuentra mi familia!

(Constanza) ¡Dios quiera que así sea Román! ¡Sabes yo le comenté a Gabriel que era posible que tú estuvieras muy cercas de aquí, ya que no era posible que abandonaras tu mercancía así nada más! ¡Lógico no le dije que tipo de mercancía, simplemente que era tu mercancía y de la cual dependía tu futuro! ¡Pero me acabo de enterar de algo que puede poner todo a nuestro favor!

(Román) ¿Qué paso, de que te enteraste?

(Constanza) ¡Escuche cuando el manotas y el zorro le decían a Gabriel que encontraron un cadáver muy cercas de aquí y que coincide con tus características, solo que por el estado avanzado de descomposición no pudieron acercarse mucho, pero todo indica o ellos creen que se trata de ti!

(Román) ¡Sí, esto nos puede ayudar bastante! ¡¡Pero, que pasará después cuando ellos den parte a las autoridades y se den cuenta que esa persona no soy yo!?

(Constanza) ¡Hasta en eso la suerte esta de nuestra parte Román! ¡Gabriel no hará nada al respecto, dejará que los animales se encarguen de él; dice no le conviene que la policía meta sus narices en sus terrenos!

(Román) ¡Quizás todo esto esté de nuestro lado, pero debemos comunicarle esto a tu tío y pedirle que no haga mucho ruido cuando levanten ese pobre hombre; no estaría bien que lo dejemos que los animales se lo coman como si fuera uno de ellos!

(Constanza) ¡Tienes toda la razón, si en nuestras manos esta que esta persona llegue a manos de sus familias y le den cristiana sepultura habremos hecho una buena obra de caridad!

(Román) ¡Volviendo al tema de irme a la casa del monte y aprovechando las coincidencias de esta persona debo adelantarme a cualquier cosa que suceda ya que con Gabriel las cosas cambian de un momento a otro!

(Constanza) ¿¡Veo que estas plenamente convencido que tu familia se encuentra en la casa del monte!?

(Román) ¡Así es Constanza! ¡En los días que estuviste en casa yo aprovechaba cuando estaba solo para indagar alguna pista que me llevara con ellos!

(Constanza) ¿Y lograste encontrar alguna pista?

(Román) ¡Si, una de ellas es que había demasiada comida para un solo hombre, aparte se nota cuando en una cocina es utilizada muy a menudo y por lo que sé esa casa casi nunca está habitada! ¿Ahora entiendes el porqué de mis sospechas? ¡Solo me falta ver si los tienen en alguna parte de la casa oh si hay algún tipo de puerta secreta que me lleve a ellos!

(Constanza) ¡Esta bien, solo te pido tengas mucho cuidado!

(Román) ¡Lo tendré, te lo prometo mi amor! ¡Porque ya no soporto el hecho de que te pueda tocar, así que hoy por la noche cuando todos estén dormidos me iré para la casa del monte!

(Constanza) ¿¡Cómo le harás para irte, si la casa se encuentra a mucha distancia de aquí!?

(Román) ¡Le pediré a tu tío mande a alguien para que me recoja y me lleve hasta la casa del monte!

(Constanza) ¡Yo trataré de averiguar hoy mismo si tu familia se encuentra ahí!

(Román) ¡Pero por favor no te arriesgues demasiado, recuerda que ya llevamos mucho terreno ganado y no quiero que todo se venga abajo!

(Constanza) ¡Te prometo ser cuidadosa en lo que hago! ¡Por otra parte ya quiero que termine esto y estar juntos para siempre y disfrutar de nuestro amor a cada momento!

(Román) ¡Yo también lo deseo amor, te amo más que a mi propia vida, ya es justo que Dios se acuerde de nosotros y nos mande un poco de tranquilidad a nuestras vidas! ¡No te lo había comentado pero estos días estando ahí encerrado soñaba con disfrutar de nuestro amor y tener un retoño nuestro!

(Constanza) ¿De verdad te gustaría ser padre?

(Román) ¡Claro mi amor, a mí nada me haría más feliz que nuestro amor diera su fruto!

(Constanza) ¡Bueno pues entonces tendremos que echarle muchas ganas para que ese sueño se convierta en realidad muy pronto! ¡Ahora debo irme mi amor, solo vine un momento, no resistía las ganas de abrazarte y decirte cuanto te amo! Voy a hacer el intento una vez más para que me diga donde se encuentra tu familia, y si logro saberlo inmediatamente te lo digo.

(Román) ¡Esta bien, pero sé muy cuidadosa!

(Jefe) ¿Dónde andabas? ¡Pensaba ir a buscarte, quiero darte algunos documentos a guardar, quiero que sólo tú sepas de ellos!

(Constanza) ¿Pero porque yo?

(Jefe) ¡Porque ya es hora que vayas sabiendo de todos mis asuntos; aparte en este tipo de vida no sabemos a qué hora nos puedo tocar y debemos dejar los asuntos en las manos adecuadas! ¡Por otra parte durante todo este tiempo te he estado observando y veo que tu actitud hacia mí ha cambiado y creo dedo confiar en ese cambio, espero y no me falles!

(Constanza) ¡Se perfectamente lo que me puede suceder si se te llega a traicionar tu confianza, no hace falta que me lo digas, creo ya lo he escuchado varias veces; no quiero que me pase lo que a Román y salir huyendo de aquí sin rumbo desconocido!

(Jefe) ¿¡Qué bueno que sacaste ese tema de Román!? Manotas y el zorro andaban dando una vuelta por los alrededores y se toparon desafortunadamente con el cuerpo de un cristiano y al parecer por las señas se trata de Román.

(Constanza) ¡Dios Santo, llévame con él por favor!

(Jefe) ¡Creo no sería conveniente, mira que pálida te me has puesto con la noticia, toma asiento!

(Jefe) ¡Mi gente me informó que ya se encuentra en estado de descomposición y no me gustaría que tuvieras esa fuerte impresión; ya se le llamo a las autoridades correspondientes para que levanten el cuerpo, pero no te preocupes yo me aré cargo de que reciba una cristiana sepultura; aunque yo sé que no se portó muy bien conmigo, se quiso pasar de listo, pero ahora eso ya quedo atrás, voy a tener algo de caridad para con su cuerpo dándole un lugar donde reposen sus restos!

(Constanza) ¡Que cínico e hipócrita eres Gabriel, Crees que no escuche cuando les decías a tus achichincles que no arias nada y dejarías que las aves de carroña se comieran el cuerpo de ese pobre hombre, afortunadamente no será así y se lo llevarán para dárselo a sus familiares!

(Constanza) ¡Muchas gracias Gabriel por ese gesto que tienes para con Román, yo te doy las gracias en su nombre!

(Jefe) ¡Ya vez te diste cuenta que yo también tengo algo de bondad! ¡No te preocupes ya por eso, será mejor que te vayas a recostar un poco!

(Constanza) ¿¡Pero tú me llamaste porque querías hablarme de tus asuntos!?

(Jefe) ¡Sí pero eso puede esperar, será mejor que te recuestes y te tranquilices un poco, mira que por poco te me desmayas por la noticia!

(Constanza) ¡Ya estoy mucho mejor no te preocupes, solo que no me esperaba así su muerte! ¿Pero ahora vamos, que es eso que me quieres informar?

Gabriel la lleva al despacho y le da una lista de todos los cargamentos se han hecho y los que tienen pendientes en los próximos días. Constanza no cabe de la impresión a ver la cantidad de droga que sale por aire, mar y tierra, nunca pensó en que Gabriel tuviera tanto peso dentro de la organización. ¡Le contaba con lujo de detalle los puntos donde se embarcaban las toneladas de mercancía y las personas que tenían para hacer ese tipo de trabajo en las cuales en muchas de las ocasiones eran las mismas esposas de los campos las que participaban para la realización de los operativos! Todos los movimientos estaban plenamente planeados a tal grado que de ellos no se tuviera la más mínima sospecha.

(Jefe) ¡Como te das cuenta todas nuestras operaciones se encuentran perfectamente estudiadas; en este negocio se tiene que actuar con sangre fría y quitar de en medio a todo aquel que nos impida dar el siguiente paso! ¡Hay que tirar del gatillo antes de que el otro nos madrugue!

(Constanza) ¡Lo que me quieres dar a entender es que yo también me convierta en una delincuente, en una asesina!

(Jefe) ¡Lo que quiero es que te defiendas, que tu vida de ahora en adelante cambiará por completo, ahora eres la esposa de uno de los capos y por lo tanto corres el mismo riesgo que yo, pero de una vez te digo que el que dispara una vez, lo vuelve hacer dos veces!

(Constanza) ¡Pero tú y yo no estamos casados!

(Constanza) ¡Ante las leyes civiles no, pero ante los grandes capos ya lo estamos; y lo estas desde el primer día que pusiste los pies en aquella primera fiesta que te presente como mi prometida, así que ahora los dos ya vamos en el mismo barco y por lo tanto debes de saber todas las operaciones que se tienen previstas de aquí en adelante! ¡Y mañana mismo se te darán más detalles de todas esas cosas que debes estar enterada, y lógico de las consecuencias que esto conlleva el ser la esposa de jefe!

(Constanza) ¿¡Mañana mismo, dónde!?

(Jefe) En la casa del monte. ¿Supongo que recuerdas donde es? ¡Aparte tenía planeado ir en estos días para haya! ¡Ahora que Román ya no está en este mundo es tiempo que su mercancía también lo alcance haya con San Pedro!

(Constanza) ¿Eso quiere decir que tú has tenido todo este tiempo la mercancía de Román en la casa del monte?

(Jefe) ¡Así es Constanza, ahí ha estado todo el tiempo, solo que está muy bien escondida, tanto que es muy difícil encontrar el acceso para llegar hasta donde se encuentran!

(Constanza) ¿Dónde está, en qué lugar de la casa se encuentra?

(Jefe) ¡Mañana que vayamos te diré en que parte estaban!

(Constanza) ¿¡Quedrás decir en qué lugar están!?

(Jefe) ¡No, porque esta misma noche acompañarán a Román al viaje sin retorno, así muerto el perro se acabó la rabia! Por otra parte vamos a tener una reunión muy importante y tendremos mucha vigilancia y no quiero que eso interfiera en nuestros asuntos por eso es bueno limpiar la casa. Así que preparate para mañana, yo voy a hacer unas llamadas para tener todo preparado.

(Constanza) ¡Debo de avisar lo más pronto posible a Román!

Constanza se dirige lo más pronto posible para avisar a Román de lo que trata de hacer el jefe con su familia, pero desafortunadamente él ya se ha marchado hacia la casa del monte en busca de su familia. Ella trata de comunicarse con él pero su celular se encuentra fuera del área de servicio, tampoco logra comunicarse con su tío y eso la hace ponerse completamente intranquila. Toma la decisión de comunicarse con Duarte todo lo sucedido.

(Duarte) ¡Sera mejor que tomes las cosas con calma, de otra manera las cosas pueden llegar a salir mal; él va a estar bien, déjale actuar según su criterio, es un hombre que sabe lo que hace y si tiene la sospecha que su familia se encuentra ahí pues ten confianza en él y pide a Dios que todo salga bien!

(Constanza) ¡Yo sé que debo tener confianza en él pero el peligro al que se enfrenta es mucho! ¡Gabriel tiene ojos por todas partes y puede llegar a sospechar que él no se encuentra muerto y que se ha burlado de él; por otra parte mañana por la tarde iremos a la casa del bosque que supongo usted ya debe de estar enterado de eso!

(Duarte) ¡Si, estoy al tanto de la reunión, aunque para serte sincero no me agrada la idea de que involucres en este tipo de negocios, son muy peligros, todo el tiempo nuestra vida está pendiendo de un hilo y la única forma de salir de la organización es la muerte!

(Constanza) ¡Sé de los riesgos que conlleva todo esto, pero desafortunadamente ya estoy dentro de ella desde el momento en que Gabriel me presenta en aquella dichosa fiesta!

(Duarte) ¡Lo sé perfectamente; desde que te presentó el jefe como su prometida me di cuenta del grande peligro que habías adquirido, más yo pensé que lo estabas haciendo por ambición, por capricho de niña queriendo tener todas comodidades que se pueden llegar a tener por andar con un capo como es el jefe! Todo eso que pensaba se me fue quitando con el trato que he tenido a raíz de todos estos hechos que han sucedido, pero ten por seguro que siempre que me necesites estaré muy cercas.

(Constanza) ¡Muchas gracias, ahora sé que no me equivoqué al darle mi confianza, ahora me siento mucho más tranquila!

(Duarte) ¿¡Mañana cuando estemos reunidos te recomiendo vayas muy bien preparada para todo lo que pueda pasar!?

(Constanza) ¿Se refiere a que lleve un arma?

(Duarte) ¡Efectivamente, pues en ese tipo de reunión pueden surgir mal entendidos por territorios y mercancía o que más de alguno nos quiere jugar chueco y ahí mismo se elimina! ¡Desafortunadamente esta va hacer una de ellas pero aún no sé quién nos esté jugando sucio, así que ve muy preparada para todo!

(Constanza) ¡Me iré preparada para lo que pueda suceder, pero sobre todo quiero es saber que Román se encuentre bien y que ya tenga a su familia fuera del alcance de Gabriel!

(Duarte) ¡Cada día me sorprende más y me quedo admirado del grande amor que se tienen ustedes dos y por eso los voy a ayudar para que ustedes sean completamente felices!

(Constanza) ¿Qué es lo que piensa hacer?

(Duarte) ¡Eso lo veras mañana con tus propios ojos, por ahora no te puedo decir ni adelantar de que se trata, solo te pido que te quedes tranquila!

(Gabriel) ¡Bueno ya me encuentro aquí, ahora debo buscar primeramente la forma de neutralizar todas las cámaras para que el jefe no logre verme! ¡Veo que es jefe sigue a la vanguardia en eso de la tecnología, las imágenes que se graban por medio de chip y ese chip se las envía a un satélite, y eso hace que él las logre ver por medio de su computadora, oh lo que es mejor, por medio de su celular! ¡Pero como dice el jefe que cuando alguien da un paso el avanza dos ahora yo seré el que daré tres pasos adelante! ¡Qué bueno que el comandante se le ocurrió la idea de cambiar mi celular por uno con mayor tecnología eso me servirá para que yo baje todo lo que está grabado! ¿Pero? ¡Necesito el código y la contraseña para abrir las imágenes! En algún lugar de la casa debe existir algún recibo de compra para que yo pueda acceder a ello. ¡Quizás en la oficina o en el latico pueda encontrar algo!

¡Dios mío ya llevo horas buscando y nada, dónde podrá estar; solo me falta inspeccionar el buzón, sí, si aquí está, cómo no se me había ocurrido antes, el viene poco por aquí y por lo tanto casi no lo revisa! ¡Por lo visto por alguna razón se le olvido la contraseña del código y se la reenviaron por correo, creo que la suerte y Dios me están ayudando, ahora debo bajar la aplicación para que baje todas las imágenes!

¡Listo ya está bajando todo, ahora solo debo esperar para saber si mi familia se encuentra aquí! ¡Por lo que veo las cámaras fueron instaladas a pocos días que el jefe me arrebatara a mis padres y mi hermana, lo veo por las fechas y estas imágenes son de cuando traje a Constanza, pero aún no miro nada de mi familia, solo a Rogaciano que sale de la cocina! ¡Ahora esta inspeccionando la casa y vuelve a la cocina, que tendrá mucha hambre, de ahí no sale! ¡Sale de la cocina y camina hacia el comedor, pero es mucha la comida que preparó, eso es para varias personas! ¿Qué hace porque la pone en esas bolsas? ¿Por qué se regresó a la cocina? ¡Ya es mucho tiempo el que pasó y no ha salido de ese lugar!

¡Pero, no entiendo! ¿¡Por dónde salió, ahora lo miro llegar con bolsas del supermercado, por donde pudo haber salido, en las cámaras solo se mira que entró a la cocina pero no que haya salido de ahí!? ¡Eso quiere decir que dentro de la cocina se encuentra alguna puerta que lleve a algún pasadizo o túnel que me conduzca hasta mi familia! ¡Debo neutralizar las cámaras un momento para poder llegar hasta la cocina y averiguar por donde se pierde él, pero me resulta ilógico que desaparezca de ese lugar; la última vez que inspeccione ese lugar solo encontré indicios de mucha comida ya que solo una persona se encontraba en este lugar!

¡Bien, eso fue muy fácil ya llegue a la cocina ahora debo buscar detalladamente el lugar para saber si existe alguna puerta secreta! Todo parece normal, la estufa los cajones, los estantes, el refrigerador. ¡No, no debo desesperarme, quizás siento que me vence el cansancio pero mi familia esta antes que todo! ¡Escucho pasos, pero no es de dentro de la casa, Dios que está pasando de donde provienen, de donde!

¡Román se siente intranquilo y asustado ya que no mira nada a su alrededor y los pasos cada vez se escuchan cada vez más cercas; de pronto una puerta se empieza a abrir y no puede creer lo que están mirando sus ojos, jamás se imaginaría que dentro del refrigerador existiera una doble puerta; en ese instante pasaban muchas cosas por su mente; pensar que pronto estaría con su familia y saber a quién se iba a enfrentar de un momento a otro! ¡De pronto la puerta se abre lentamente y siente que su cuerpo no le responde pero hace un esfuerzo y desenfunda el arma, no le dispara solo logra desmayarlo y lo amordaza para estar más tranquilo!

¡El camino es de Román, solo le separan unos cuantos metros de sus familia; ahora comprende porque la casa se encuentra en medio del monte, se pueden hacer túneles y esconder todo tipo de mercancía en estos lugares!

Llego el momento que tanto soñaba Román, el reunirse con su familia, afortunadamente todos se encuentran bien. Román encuentra la segunda salida y logra sacarlos al camino. Inmediatamente se comunica con el comandante para que los recoja, pero él decide quedarse ya que en pocas horas llegará Gabriel y Constanza. Todo lo ha dejado en orden para que al llegar el jefe no note nada extraño; él se pone en una parte de la casa para no ser descubierto. Pasan algunas horas y como si fueran abejas todos llegan en unos segundos. Entre encapuchados y armas de grueso calibre se bajan los grandes capos de la mafia y se introducen dentro de la casa, existe mucha vigilancia para donde quiera, así que un movimiento en falso y ahí terminaría todo.

(Jefe) ¡En unos momentos comenzará todo mi amor, y oficialmente se te concederá ser parte de la organización y tendrás voz y voto y yo tendré más control sobre todo! ¿¡Ahí llego Duarte y Alarcón; ellos son los que te darán la bienvenida, especialmente Alarcón que es quien lleva la carga más pesada y por consiguiente quien se lleva la mayor parte de las ganancias!?

(Rivera) ¡Gabriel gusto en volver a vernos de nuevo! ¡Veo que el matrimonio te ha sentado muy bien, te miras mucho más joven o será de lo emocionado por el nombramiento oficial de tu esposa a la organización!

(Jefe) ¡Digamos que es por ambas cosas, pero también porque ahora ella ya dentro tendré que compartir un poco los cargos de conciencia que no me dejan dormir! ¡Ja, Ja, Ja, ja!

(Rivera) ¡Espero que toda la casa este plenamente resguardada ya que no me gustan las sorpresas!

(Jefe) ¡No te preocupes que la divina (su arma) se encuentra muy bien preparada por si alguien nos da una visitadita!

(Rivera) ¡Duarte está preparando todo para hacerte el nombramiento oficial así que no tardaremos mucho ya que nos arriesgamos mucho a estar todos reunidos en un mismo lugar, somos el blanco para que nos puedan pescar y en estos casos nunca falta algún soplón!

(Duarte) ¡Buenas noches a todos, ya se encuentra todo preparado así que ya pueden pasar a la sala!

(Rivera) ¡Me sorprende tu agilidad para organizar todo a la brevedad posible mí estimado Duarte!

(Duarte) ¡Se hace lo que se puede y como en este tipo de casos es solo cuestión de minutos no es muy complicado quise tener ya casi todo listo!

Todo se ha lecho a la brevedad posible; Constanza ya es oficialmente miembro de la organización y ahora comparte los mismos riesgos y responsabilidades, ahora el único modo de salir de ella es la muerte. Constanza se encuentra muy nerviosa por lo que está ocurriendo en ese momento, ellos hablan de todos los movimientos que se están realizando es estos momentos y de las diferentes cargas que se llevan a cabo. Duarte no deja de mirar a Constanza y entre labios de dice que esté preparada.

(Rivera) ¡Ahora me toca dirigirme a todos ustedes mis distinguidos colegas, ya tenemos un miembro más dentro de nuestra organización, pero desafortunadamente hoy también desertará uno de los nuestros y como ustedes conocen las reglas no hay otra forma de salir más que por los pies por delante les comunico que alguien se está adelantado a nuestros planes y hace negocios con otros capos que son nuestros rivales y como esto aquí y en China se llama traición pues no queda otra más que ayudarlo a que se reuna con nuestro jefe de jefe: (Caro Quintero) No piensen que con nuestro padre eterno, el no creo que le sirva de mucho en el cielo, no es así mi estimado Gabriel Alarcón; más conocido por todos por él jefe!

En ese preciso momento en que Gabriel va hacer acribillado se escuchan detonaciones de arma fuera de la casa; Gabriel logra dispararle a Rivera y apaga el interruptor de luz para poder escaparse. Toma por la fuerza a Constanza y se la lleva por

medio del túnel, Gabriel se queda sorprendido ya que a medio túnel se encuentra con Rogaciano amordazado e inconsciente aún.

(Jefe) ¡Maldita sea, creo que me madrugaron, alguien más se dio cuenta de este pasadizo secreto, pero aún no logran ni lograran capturarme!

(Román) ¡Eso crees tú Gabriel, date por vencido, de esta no vas a poder escapar, te encuentras plenamente rodeado y no vas a poder escapar! ¿Por qué te quedas tan sorprendido de verme? ¿Pensaste que estaba muerto? ¡Pues ya vez que no fue así, ese otro pobre hombre a quien encontraron fue por otro móvil de crimen, solo que el beneficiario fui yo al confundirme con ese pobre infeliz! ¿Por cierto quieres saber dónde estuve metido todo este tiempo después de la golpiza que me diste? ¡Te lo voy a decir, estuve en tu casa, si jefecito en tu propia casa, al lado de la mujer que yo amo y que jamás, jamás ha sido tuya! Que por cierto el día en que supuestamente la hiciste tu mujer te quedaste dormidito. ¡Claro con una buena ayudadita de unas gotitas milagrosas que hacen dormir hasta un oso!

(Jefe) ¡Eres un desgraciado, pero esto no se va aquedar así, me la van a pagar los dos, de mí no se burla nadie y menos ustedes mal nacidos!

(Román) ¡Creo que al menos por hoy te ganamos en dar el tercer paso, y un poquito más ya que mi mercancía ya se encuentra muy lejos del alcance de tus manos, ya no podrás hacerles más daño ni a nosotros tampoco!

(Jefe) ¡Aun tengo la última carta en mis manos mi querido Román, ella es mi pase de salida!

(Constanza toma al jefe por sorpresa y logra aventar su arma a lo lejos; por lo cual Román y él se arrojan a los golpes, pero la furia de Gabriel es más fuerte y logra tomar el arma)

(Jefe) ¡Ahora si no dejaré escapar esta oportunidad para mandarlos al otro mundo, no sin antes decirte que el que mando matar a tus padres fue Rivera, si, él te quería tener como fuera, pero como sus planes no resultaron pues los mando matar; y ahora que te encontró quería estar más cercas de ti, pero ahora estaba yo y conmigo le resultaría más difícil, por eso buscó la forma para poder eliminarme y tener el camino libre, pero yo me le adelanté un poco y ya vez lo que le sucedió. Pero ahora eso ya no importa ahora ustedes harán lo mismo.

(Constanza) ¡Gabriel por favor baja esa arma ten piedad por favor, estoy embarazada!

(Jefe) ¡Estas embarazada, infeliz ese hijo debería de ser mío y no de este mal nacido, pero ese será tu peor castigo Román, no conocerás a ese bastardo!

(Cmte. Rosendo) ¡Dejala ir Gabriel, no tienes escapatoria, será mejor que te entregues por las buenas!

(Jefe) ¡Eso no lo verán sus ojos comandante, antes los mato todos ustedes!

(Cmte. Rosendo) ¡Piensa bien las cosas jefe, te prometo un trato, si tú no les haces daño prometo dejarte ir!

(Jefe) ¡Ah, Ahora quiere que hagamos un intercambio de mercancía no es así, pues da la casualidad que no me interesa su trato comandante, no se me pega la gana y ahora mismo me los llevo por delante!

De pronto se escucharon varias detonaciones y dos hombres caen muertos. Constanza los mira caer y siente que con ella se le va la vida; pero las balas las recibe Duarte al interponerse en ese momento y le salva la vida al comandante y el otro fue el jefe quien el manotas le dispara ya que resultó ser el agente en cubierta y quien mantenía al tanto al jefe de todos los movimientos que realizaba la organización.

(Manotas) ¡Perdón por llegar un poco tarde pero me tenía que ocupar de algunos asuntos antes mi comandante! ¡Wow, por poco y se los lleva la pelona pero ya está bajo control!

(Alarcón) ¡Con esto queda saldada mi cuenta mi comandante, ya no le debo nada ni me debe nada, cuide mucho a Constanza, gracias a ella pude ver mis errores pero ya era demasiado tarde, ahora los estoy pagando con la muerte!

(Cmte. Rosendo) ¡Vete en paz amigo, ojala que en la otra vida encuentres la paz que necesitas!

Pasaron los días y todo vuelve a la normalidad. Constanza y Román viven a plenitud cada momento de su amor y más aún con la llegada del fruto de ese amor que se muestran uno al otro. A Román se le ha dado una recompensa por haber puesto en las manos de las autoridades a algunos de los grandes de la mafia. A Constanza le fue mucho mejor ya que recupero la casa de sus padres gracias a la herencia que le dejo Gabriel, con eso abrieron un centro de rehabilitación para drogadictos en señal de muestra en contra de las drogas; el comandate sigue luchando contra el crimen pero ahora aprovecha para pasar más tiempo con su sobrina y más aún que se ha convertido en tío abuelo.

AGRADECIMIENTO

Las cosas siempre resultan mejor en equipo y esta no puede llegar hacer la excepción. Hay momentos en los que se quisiera dejar esto y abandonarlo, pero detrás de todo esto se encuentra un grande equipo de personas apoyándote y diciéndote tú puedes, adelante, no te rindas, la subida es pesada pero muy pronto conquistaras la cima y ese será el triunfo, pero yo digo que el triunfo no será solo mío, sería un egoísmo de mi parte el que yo me lleve todo el crédito cuando muchas personas a mis espaldas me empujaban para que saliera este proyecto adelante. Este es el caso de este libro y del cual doy infinitas gracias a esas bellas personas que de alguna u otra manera me brindaron su apoyo, especialmente a: *Luis Alejandro Cervantes Espinoza y Armando Gómez* que siempre se encontraban ahí a la hora que fuese y ese gesto solo lo hace un buen amigo. Por otra parte se encuentran estas apreciables personas que fueron mis modelos, que me prestaron sus rostros para darle vida a estos personajes: *Juan Rivera (Román), Daniela Villa (Constanza), Luis Carlos Flores (El jefe). No sin dejar de mencionar a Hugo Lozano un excelente fotógrafo y las locaciones donde fueron tomadas fue en el* `*LIENZO CHARRO HERMANOS ALCALA, EN EXHACIENDA LA PATIÑA, LEÓN GTO MÉXICO.*´´ Muchísimas gracias a todos ustedes, que Dios siga guiando sus caminos por donde quiera que vayan.

Atentamente.

Jorge Martínez.

BIOGRAFÍA

Jorge Luis Martínez nace un 12 de octubre de 1974 en la ciudad de Uruapán Mich, México.

Siendo el segundo hijo de una familia numerosa (12). Cursa sus primeros estudios en la ciudad de Uruapán, pero por motivos de trabajo los deja inconclusos. Vuelve a reanudarlos y los hace dentro de un seminario para sacerdote donde vive por más de una década; a su salida emigra a los Estados Unidos donde trabaja en labores de jardinería y dishwasher, pero ve en su futuro la posibilidad de encaminarse como escritor por el cual sigue en la lucha para que algún día su trabajo sea reconocido.